Conquistando al jefe

Joss Wood

HARLEQUIN™

Editado por Harlequin Ibérica.
Una división de HarperCollins Ibérica, S.A.
Núñez de Balboa, 56
28001 Madrid

© 2015 Joss Wood
© 2016 Harlequin Ibérica, una división de HarperCollins Ibérica, S.A.
Conquistando al jefe, n.º 2091 - 3.8.16
Título original: Taking the Boss to Bed
Publicada originalmente por Harlequin Enterprises, Ltd.

I.S.B.N.: 978-84-687-8268-3
Depósito legal: M-16315-2016
Impresión en CPI (Barcelona)
Fecha impresion para Argentina: 30.1.17
Distribuidor exclusivo para España: LOGISTA
Distribuidores para México: CODIPLYRSA y Despacho Flores
Distribuidores para Argentina: Interior, DGP, S.A. Alvarado 2118.
Cap. Fed./Buenos Aires y Gran Buenos Aires, VACCARO HNOS.

Capítulo Uno

Jaci Brookes-Lyon cruzó el vestíbulo de estilo *art déco* del hotel Forrester-Granthan, en Park Avenue, y se dirigió a los ascensores, flanqueados por estatuas de tamaño natural de los años treinta del siglo xx, que representaban a bailarinas de cabaret. Se detuvo junto a una de ellas y le acarició el hombro desnudo con la punta de los dedos.

Frunció los labios y suspiró mientras miraba a la mujer rubia y de ojos oscuros que le devolvía la mirada frente al espejo. Cabello corto a capas, vestido de noche entallado, maquillaje perfecto y elegantes zapatos de tacón. Jaci reconoció que tenía buen aspecto. Parecía elegante y segura de sí misma; tal vez un poco sobria, pero eso tenía fácil solución.

Era una lástima, pensó, que la imagen tuviera la misma consistencia que un holograma.

Salió del ascensor y respiró hondo mientras cruzaba el vestíbulo hacia las imponentes puertas del salón de baile. Al entrar en la sala, llena de hombres y mujeres vestidos de diseño, se dijo que tenía que sonreír y mantenerse erguida al entrar en la habitación atestada de gente que no conocía.

Sus colegas de Starfish estarían por allí. Había

estado con ellas antes, durante la interminable ceremonia de entrega de premios. Sus nuevas amigas, Wes y Shona, escritoras como ella contratadas por Starfish, le habían prometido que le harían compañía en su primera fiesta de la industria cinematográfica. Así que, cuando las encontrara, se sentiría mejor.

Hasta entonces, tendría que aparentar que se divertía. ¡Por Dios! ¿No era aquella Candice Bloom, la ganadora de múltiples premios a la mejor actriz? Pues parecía mayor y más gorda que en la vida real.

Jaci agarró una copa de champán de una bandeja que pasó a su lado y le dio un sorbo. Después se retiró a un rincón del salón mientras buscaba a sus colegas. Si no las encontraba en veinte minutos, se marcharía. Se había pasado toda la vida siendo un adorno a quien nadie sacaba a bailar en las fiestas de sus padres, y no tenía intención alguna de seguir haciéndolo.

—Ese anillo parece un excelente ejemplo de artesanía georgiana.

Jaci se volvió al escuchar esas palabras. Era un hombre de ojos castaños. Jaci parpadeó al contemplar su esmoquin de color esmeralda y pensó que parecía una rana con traje brillante. Llevaba el fino cabello negro recogido en una grasienta coleta y tenía los labios finos y crueles.

Jaci pensó que atraía a los tipos repulsivos.

Él le tomó la mano para mirar el anillo. Ella intentó soltarse, pero, para ser un anfibio, la había asido con mucha fuerza.

–Tal como creía. Es una exquisita amatista de mediados del XVIII.

Jaci no quería que aquel hombre le hablara de su anillo, por lo que apartó la mano al tiempo que reprimía el deseo de frotársela en el vestido.

–¿Dónde lo ha conseguido? –preguntó él. Tenía los dientes sucios y amarillos.

–Es una herencia familiar –contestó ella, pues tenía muy arraigados los buenos modales como para marcharse y dejarlo plantado.

–¿Es usted inglesa? Me encanta su acento.

–Sí.

–Tengo una mansión en los Cotswolds, en un pueblo que se llama Arlingham. ¿Lo conoce?

Lo conocía, pero no iba a decírselo porque, si lo hacía, no conseguiría librarse de él.

–No, lo siento. ¿Me discul…?

–Tengo un colgante con un bello diamante amarillo que quedaría perfecto en su escote. Me la imagino llevando únicamente el colgante y unos zapatos de tacón dorados.

Jaci se estremeció mientra él se pasaba la lengua por los labios. ¿De verdad que aquella forma de flirtear le funcionaba con las mujeres? Le apartó la mano que le había puesto en la cintura.

Tuvo ganas de mandarlo a paseo, pero a los hijos de los Brookes-Lyon los habían educado con diplomacia.

Frunció la nariz. Había cosas que no cambiaban. Como no podía decirle a aquel tipo lo que pensaba de él, y no podía porque carecía de la capacidad de enfrentarse a los demás, tendría que ser ella la que se marchase.

–Si se va, la seguiré.

¡Vaya! ¿Le leía el pensamiento?

–No lo haga, por favor, no me interesa usted.

–Pero no le he dicho que voy a financiar una película ni que tengo un castillo en Alemania y un caballo de carreras –dijo él con voz quejumbrosa.

«Y yo no voy a decirle», pensó ella, «que la casa en la que me crie es una mansión del siglo XVII que lleva cuatrocientos años en manos de mi familia; que mi madre es prima tercera de la reina y que tengo una relación lejana con la mayor parte de la familias reales europeas. Esas cosas no me impresionan, así que usted, con su actitud pretenciosa, no tiene posibilidad alguna de hacerlo. Y le sugiero que emplee ese dinero que dice poseer en comprarse un traje decente, un champú y en que le hagan una limpieza dental».

–Disculpe –murmuró Jaci mientras se dirigía a las puertas del salón de baile.

Al aproximarse a los ascensores, mientras se felicitaba por haber conseguido escapar, oyó que alguien ordenaba a una pareja de ancianos que se apartara de su camino. Se estremeció al reconocer la voz nasal del señor Sapo.

Alzó la vista para mirar los números de los pisos del ascensor y se dio cuenta de que, si lo esperaba, aquel hombre la alcanzaría y se quedaría encerrada con él en esa caja de metal, pegados el uno al otro. Y seguro que no dejaría las manos ni la lengua quietas.

Agarró con fuerza el bolso bajo el brazo, miró hacia la izquierda y vio una salida de emergencia. Decidió bajar corriendo por la escalera. Seguro que así no la seguiría.

–Tengo la limusina aparcada frente al hotel.

Una voz a su derecha la hizo gritar. Se volvió con la mano en el pecho. La mirada de aquel tipo era salvaje, como si disfrutara de la emoción de la caza y su asquerosa barba tipo «mosca» se agitó cuando sus húmedos labios esbozaron una sonrisa. Se había puesto detrás de ella, y Jaci no se había dado cuenta.

Ella se hizo a un lado y miró la zona de recepción, que estaba vacía. Aquello era una pesadilla. Si bajaba por la escalera, estaría sola con él, al igual que en el ascensor. La única alternativa era volver al salón de baile, donde había gente.

Las puertas del ascensor se abrieron y vio que salía un hombre alto, con las manos en los bolsillos, que se dirigía al salón. Tenía el pelo castaño y despeinado, las cejas oscuras, los ojos claros y barba de tres días.

Jaci pensó que conocía ese rostro. ¿Era Ryan? Estiró el cuello para verlo mejor.

Era la versión adulta, y aún más atractiva, del joven que había conocido hacía mucho tiempo. Duro, sexy y poderoso: un hombre en el sentido más amplio del término. Se le contrajo el estómago y sintió un cosquilleo en la piel.

Fue un estallido de deseo instantáneo, una atracción inmediata. Y él ni siquiera la había visto.

Y necesitaba que la viera. Lo llamó, y el hombre se detuvo bruscamente y miró a su alrededor.

–La limusina nos espera.

Jaci parpadeó, sorprendida por la persistencia del «señor Sapo». No iba a darse por vencido hasta que no la metiera en el coche, la llevara a su casa y la desnudara. Al ver a Ryan allí, con la cabeza inclinada, pensó que todavía había otra cosa que podía hacer para desembarazarse de aquel tipo.

Y esperaba que a Ryan no le pareciera mal.

–¡Ryan, cariño!

Jaci se acercó a él a toda prisa, levantó los brazos y le rodeó el cuello con ellos. Vio que los ojos de él se abrían de la sorpresa y sintió sus manos en las caderas. Pero antes de que Ryan pudiera hablar, pegó su boca a la de él esperando que no la rechazara.

Los labios masculinos eran cálidos y firmes. Ella sintió que le clavaba los dedos en las caderas y que su calor le calentaba la piel a través de la tela del vestido. Le acarició por encima del cuello de la camisa y sintió que el cuerpo de él se tensaba.

Ryan echó la cabeza hacia atrás y la miró con sus penetrantes ojos, que brillaban con una emoción que ella no pudo identificar. Pensó que la iba a apartar pero, en lugar de eso, la atrajo aún más hacia sí y la besó en la boca. Le recorrió los labios con la lengua, y ella, sin dudarlo, los abrió para que la probara y la conociera. Le rodeó la cintura con un fuerte brazo y los senos de Jaci chocaron contra su pecho, al tiempo que el estómago lo hacía contra su erección.

El beso podía haber durado segundos, minutos, meses o años, Jaci no lo sabía. Cuando finalmente Ryan separó su boca de la de ella, mientras seguía abrazándola, lo único que ella fue capaz de hacer fue apoyar la frente en la clavícula masculina mientras intentaba orientarse.

Le pareció que había huido de la realidad, del tiempo y del vestíbulo de uno de los hoteles más famosos del mundo para entrar en otra dimensión. Eso no le había ocurrido nunca; jamás se había dejado llevar por la pasión hasta el punto de tener una experiencia extracorporal. Que eso hubiera sucedido con alguien que era poco más que un desconocido la dejó desconcertada.

–Leroy, me alegro de verte –dijo Ryan, por encima de su cabeza. A juzgar por el tono normal de su voz, parecía estar acostumbrado a que lo besaran mujeres desconocidas en hoteles de lujo.

–Esperaba que estuvieras aquí –prosiguió él alegremente–. Me disponía a buscarte.

–Ryan –contestó Leroy.

Como no podía seguir eternamente abrazada a Ryan, por desgracia, Jaci alzó la cabeza y trató de escaparse del abrazo retorciéndose. Le sorprendió que, en lugar de soltarla, él siguiera abrazándola.

–Veo que conoce a mi chica.

Jaci entrecerró los ojos y miró a Ryan.

¿Su chica?

Se le desencajó la mandíbula. ¡Ryan no se acordaba de su nombre! No tenía ni idea de quién era.

El señor Sapo miró a Ryan.

–¿Estáis juntos?

Jaci no poseía un manto que la hiciera invisible. Iba a decirles a aquellos dos que dejaran de hablar de ella como si no estuviera allí cuando Ryan le pellizcó en la cintura y se quedó callada, sobre todo porque estaba indignada.

–Es mi novia. Como sabes, he estado fuera, y hacía dos semanas que no nos veíamos.

Leroy no parecía convencido.

–Creí que ella se marchaba.

–Habíamos quedado en el vestíbulo –afirmó Ryan con tranquilidad. Se frotó la barbilla en la cabeza de Jaci y esta se estremeció–. Es evidente que no has recibido el mensaje en el que te decía que venía hacia aquí, cariño.

¿Cariño? Estaba claro que Ryan no tenía ni idea de quién era, pero mentía con eficacia y convicción absolutas.

–Vamos dentro –él señaló el salón de baile.

Leroy negó con la cabeza.

–Ya me iba.

Ryan, sin soltarla, le tendió la mano a Leroy.

–Me alegro de verte, Leroy. Espero que nos veamos pronto para acabar la charla que dejamos a medias. ¿Cuándo podemos quedar?

Leroy no hizo caso de la mano tendida y miró a Jaci de arriba abajo.

–Me estoy pensando lo del proyecto.

¿Qué proyecto? ¿Qué negocios se traía entre manos Ryan con Leroy? Era una pregunta estúpida, ya que no sabía a qué se dedicaban ninguno de los dos. Jaci miró dubitativa a su nuevo y flamante novio. Sus ojos eran inescrutables, pero a ella le pareció que, por debajo de su aparente calma, bullían de ira.

–Me sorprende que digas eso. Creí que teníamos un trato.

Leroy esbozó una desagradable sonrisa.

–No estoy seguro de querer entregar tanto dinero a alguien a quien no conozco muy bien. Ni siquiera sabía que tuvieses novia.

–No creía que el trato requiriera ese nivel de familiaridad.

–Me pides que invierta un montón de dinero. Quiero estar seguro de que sabes lo que haces.

–Creía que mi historial te había convencido a ese respecto.

–Lo que sucede es que tengo lo que deseas, así que te recomiendo que si te digo que saltes, me preguntes a qué altura.

Jaci contuvo el aliento, pero Ryan, lo cual decía mucho en su favor, no se dignó a contestar esa ridícula afirmación. Ella supuso que Leroy no sabía que Ryan lo consideraba un gusano y que se debatía entre darle un puñetazo o marcharse. Jaci lo supo porque sus dedos le apretaban la mano con tanta fuerza que había perdido la sensibilidad de los suyos.

–Vamos, Ryan, no discutamos. Me pides mucho

dinero, y yo necesito estar más seguro. Así que estoy dispuesto a que nos volvamos a ver, y, si quieres, tráete a tu encantadora novia. Y también me gustaría conocer a alguien más de tu empresa. Te llamaremos.

Leroy se dirigió a los ascensores y pulsó el botón de bajada. Cuando las puertas se abrieron, se volvió y les sonrió.

–Espero volver a veros pronto –afirmó, antes de desaparecer en el interior del ascensor.

Cuando las puertas se cerraron, Jaci tiró de la mano para soltarse de Ryan y observó su expresión airada.

–¡Maldita sea! –exclamó soltándola al fin y pasándose la mano por el cabello–. ¡Qué cretino manipulador!

Jaci retrocedió dos pasos.

–Volver a verte ha sido… extraño, como mínimo, pero ¿te das cuenta de que no puedo hacerlo?

–¿El qué? ¿Ser mi novia?

–Sí.

Ryan asintió.

–Claro que no puedes. No funcionaría.

Una de las razones era que tendría que preguntarle quién era.

Además, Ryan, según le había dicho su hermano Neil, salía con modelos y actrices, cantantes y bailarinas. La hermana pequeña de su antiguo amigo, que no era ninguna de esas cosas, no era su tipo, por lo que se encogió de hombros e intentó no hacer caso de la creciente indignación que sentía. Pero a juzgar por el bulto en los pantalones que ella había notado mientras la besaba, tal vez fuera su tipo.

Ryan le lanzó una fría mirada.

–Leroy está molesto porque lo has rechazado. Dentro de dos días se habrá olvidado de ti y de sus exigencias. Le diré que nos hemos peleado y que hemos roto.

Ya lo tenía todo pensado. Qué bien.

–Tú eres el que lo conoce y el que ha hecho un trato con él, así que haz lo que más te convenga –dijo ella con acritud–. Entonces, adiós.

–Ha sido una experiencia interesante –afirmó él–. ¿Por qué no te esperas diez minutos a que Leroy haya salido del edificio y después utilizas los ascensores que hay aquí a la vuelta? Puedes salir a la calle por la otra entrada del hotel.

La estaba echando, cosa que no le hizo ninguna gracia, sobre todo cuando ni siquiera recordaba su nombre. ¡Qué arrogancia! El orgullo la hizo cambiar de idea.

–No tengo ganas de marcharme todavía. Creo que voy a volver a entrar –dijo mirando hacia el salón de baile.

Jaci vio la sorpresa reflejada en los preciosos ojos de Ryan. Notó que quería librarse de ella, tal vez porque le daba vergüenza no recordar quién era.

–Me he alegrado mucho de volverte a ver, Ryan.

Él frunció el ceño.

–¿Por qué no tomamos un café y nos ponemos al día?

Jaci negó con la cabeza y le sonrió con condescendencia.

–Cariño, ni siquiera sabes quién soy, así que no tendría mucho sentido. Adiós, Ryan.

–De acuerdo. ¿Quién eres? Sé que te conozco, pero…

–Ya te acordarás –le dijo ella, que lo oyó maldecir mientras se alejaba.

Pero no estaba segura de que la relacionara con la adolescente de años atrás que estaba pendiente de cada una de sus palabras. No había indicio alguno de la chica insegura que había sido, al menos por fuera. Además, sería divertido ver la cara que pondría cuando se diera cuenta de que era la hermana de Neil, la mujer a la que Neil quería que él ayudara a sortear los peligros de la ciudad de Nueva York.

Pero ella ya era una persona adulta y no necesitaba que su hermano, Ryan o cualquier otro hombre estúpido le hiciera favores. Se enfrentaría a Nueva York sola.

Y si no lo lograba, su hermano y su viejo amigo serían las últimas personas a las que permitiría conocer su fracaso.

–¿Y si me vuelves a besar para refrescarme la memoria? –le dijo Ryan justo cuando ella iba a entrar en el salón.

Se volvió lentamente y ladeó la cabeza.

–Deja que lo piense un momento. Mmm… No.

Pero, pensó mientras entraba, se había sentido tentada.

Capítulo Dos

Jaci se deslizó entre la multitud e intentó que se le calmaran el pulso y la respiración. Se sentía como si acabara de montarse en la montaña rusa y no supiera si subía o bajaba. Anhelaba volver a besar a Ryan, probar de nuevo su sabor, sentir sus labios. Él había derribado sus defensas y le había parecido como si estuviera besando a la Jaci de verdad, como si se hubiera introducido en su interior, le hubiera agarrado el corazón y se lo hubiera estrujado.

Esa locura tenía que deberse a las hormonas, porque esas cosas no sucedían, sobre todo a ella. Se estaba dejando vencer por su imaginación de escritora. Aquello era la vida real, no una comedia romántica. Ryan era muy guapo y sexy, pero ese era su aspecto exterior, no quien de verdad era.

«Al igual que tú, todo el mundo lleva una máscara para ocultar lo que se esconde debajo», se dijo.

A veces, lo que se ocultaba era inofensivo. Ella no creía que su inseguridad perjudicara a nadie salvo a ella misma, y a veces las personas ocultaban secretos, entre ellas su exnovio, que destrozaban a otros.

Clive y sus malditos secretos… No era un gran consuelo que hubiera engañado también a su inteligente familia, que se había emocionado por el hecho de que le hubiera presentado a un intelectual, un político, en vez de a los artistas y músicos que solía llevar a su casa y que no tenían donde caerse muertos.

Jaci se había sentido tan entusiasmada con la atención que recibía por ser la novia de Clive, y no solo de su familia, sino de amigos, conocidos y la prensa, que no le importó soportar su actitud controladora y su falta de respeto y de atención. Después de años de pasar desapercibida, le encantó ser el centro de atención, así como la nueva y atrevida personalidad que había desarrollado.

Pero había volado sola a Nueva York y no deseaba relacionarse con más hombres ni volver a pasar desapercibida.

Se volvió al oír que la llamaban y vio a sus amigas. Aliviada, se abrió paso entre la gente para llegar hasta ellas. Sus amigas guionistas la saludaron afectuosamente y Shona le tendió una copa de champán.

Jaci frunció la nariz.

—No me gusta el champán.

Pero le gustaba el alcohol, que era precisamente lo que necesitaba en aquel momento. Así que le dio un sorbo.

—¿No es champán lo que toman las inglesas pijas en Gran Bretaña? —le preguntó Shona alegremente, sin malicia.

—No soy de esas —protestó Jaci.

—Estuviste prometida a un político de estrella ascendente, ibas a los mismos eventos sociales que la familia real y procedes de una importante familia británica.

Bueno, visto así…

–Has buscado información sobre mí en Internet –afirmó Jaci, resignada.

–Claro que lo he hecho. Tu exnovio parece un caballo –contestó Shona.

Jaci rio. Era verdad que Clive tenía cierto aire equino.

–¿Conocías sus… otros intereses?

–No –respondió Jaci en tono seco. Ni siquiera había hablado de ellos con su familia, que no había querido darse por enterada, así que no estaba dispuesta a diseccionar la vida amorosa de su ex con desconocidos.

–¿Cómo conseguiste el trabajo? –preguntó Shona.

–Mi agente le vendió un guion a Starfish hace más de un año. Hace seis semanas, Thom me llamó, me dijo que querían desarrollar la historia y me pidió que lo hiciera y que colaborara en otros proyectos. Así que aquí estoy, con un contrato de seis meses.

–¿Y escribes con el seudónimo de JC Brookes? ¿Se debe a la atención que recibías de la prensa? –preguntó Wes.

–En parte –Jaci miró las burbujas de su copa. Era más fácil escribir con seudónimo cuando la madre de una, que firmaba con su nombre, estaba considerada una de las mejores escritoras de ficción del mundo.

Wes le sonrió.

–Cuando nos enteramos de que se incorporaría un nuevo guionista, pensamos que sería un hombre. Shona y yo estábamos deseando que lo fuera para flirtear con él.

Jaci sonrió, aliviada de que hubieran cambiado de tema.

–Siento haberos desilusionado –dejó la copa en una mesita que había a su lado–. Habladme de Starfish. Lo único que sé es que Thom es productor. ¿Cuándo va a volver? Me gustaría conocer a quien me ha contratado.

–Jax, el presidente y dueño de la compañía, y él están aquí esta noche, pero alternan con los peces gordos. Nosotras estamos muy por debajo en la cadena –contestó Shona al tiempo que agarraba un canapé de una bandeja que pasaba a su lado y se lo metía en la boca.

Jaci frunció el ceño, confusa.

–¿Thom no es el dueño?

Wes negó con la cabeza.

–No, es la mano derecha de Jax, que actúa en la sombra. A los actores y directores les gusta trabajar con los dos, pero ellos son muy selectivos a la hora de elegir con quién quieren colaborar.

–Chad Bradshaw es uno de los actores con el que nunca trabajarán –Shona usó la copa para indicar a un atractivo hombre maduro que pasaba cerca de ellas.

Era un actor legendario en Hollywood. Por eso estaba Ryan allí, pensó Jaci. A Chad le acababan de dar un premio, por lo que era lógico que Ryan estuviera allí para acompañar a su padre. Al igual que Chad, Ryan era alto y tenían los mismos ojos, que podían ser azules claro o grises, dependiendo de su estado de ánimo.

Aunque Ryan no se acordara de ella, Jaci recordaba con todo detalle al joven que su hermano Neil había conocido en el London School of Economics. A sus padres y hermanos les había fascinado que Ryan viviera en Hollywood y que fuera el hermano menor de Ben Bradshaw, que iba camino de convertirse en una leyenda cinematográfica. Como todo el mundo, se quedaron horrorizados cuando Ben se mató en un accidente de tráfico. Pero cuando conocieron a Ryan, muchos años antes de la muerte de Ben, les pareció que era de otro mundo, muy lejano y distinto de aquel en que vivía la familia Brookes-Lyon, y para ella había supuesto un soplo de aire fresco.

Neil y Ryan habían sido buenos amigos, y este no se había dejado intimidar por los aires de superioridad de los Brookes-Lyon. Había ido a Londres para obtener una licenciatura en Economía.

Jaci recordó vagamente una conversación durante una cena en la que él había dicho que quería marcharse de Los Ángeles y dedicarse a algo distinto de lo que hacían su padre y su hermano. Se relacionó con la familia durante dos años, pero dejo los estudios y, desde entonces, no lo había vuelto a ver. Hasta que lo había besado diez minutos antes.

Jaci se preguntó cómo besaría a las mujeres que

sí conocía. Si lo hacía simplemente con un poco más de habilidad de la que había empleado con ella, sería capaz de fundir los casquetes polares.

Ryan «Jax» Jackson, con un vaso de whisky en la mano, deseaba estar en su piso, tumbado en su inmenso sofá y viendo su programa deportivo preferido en la enorme pantalla plana. Consultó su reloj. Había tenido un enfrentamiento con Leroy y había besado apasionadamente a una atractiva mujer. Y estaba atrapado en aquel maldito salón de baile.

¿Quién demonios era ella? Sabía que no había besado esa boca antes. Habría recordado esa pasión, ese sabor que lo había vuelto loco por el deseo de poseerla. ¿Quién era?

Miró a su alrededor con la esperanza de volver a verla, sin conseguirlo. Decidió que, antes de que acabara la fiesta, se habría acordado o la encontraría y le exigiría que se lo dijera. No podría dormir si no lo hacía. Vio una cabeza rubia y sintió una opresión en la entrepierna. No era ella, pero, si se ponía así solo por la idea de volver a verla, tenía un problema.

Decidió cambiar el hilo de sus pensamientos. ¿Qué le pasaba a Leroy? Había aceptado apoyar económicamente la película y, de pronto, le pedía más garantías. ¿Por qué?

Estaba cansado de los juegos de los tipos muy ricos. Su sueño era encontrar a un inversor que le diera un montón de dinero sin hacer preguntas.

De todos modos, se alegraba de que Leroy se hubiese ido. Tener a su difícil inversor y a su padre en la misma habitación al mismo tiempo bastaba para que la cabeza estuviera a punto de estallarle. Aún no había visto a Chad, pero lo único que tenía que hacer era buscar a la mujer más guapa del salón, seguro que su padre o Leroy estarían charlando con ella y tratando de conquistarla, a pesar de que tanto el uno como el otro tenían esposa.

¿Qué sentido tenía estar casado si te dedicabas a engañar a tu esposa sin parar?, se preguntó Ryan.

Sintió que alguien le daba un codazo en las costillas, se volvió y vio a Thom, su mejor amigo.

—Tienes mala cara. ¿Qué te pasa?

—Estoy cansado. Del día y de esta fiesta –le dijo Ryan.

—¿Estás evitando a tu padre?

—¿Dónde está el viejo?

Thom levantó la copa hacia la derecha.

—Allí, hablando con una pelirroja muy sexy. Me ha acorralado y me ha pedido que hable contigo, que interceda por él. Quiere volver a relacionarse contigo; según sus propias palabras.

—Eso es lo que me han indicado sus incesantes llamadas y correos electrónicos de los últimos años. Pero no soy tan ingenuo como para creer que se debe a que quiere jugar a las familias felices, sino porque quiere algo –como un papel importante en su nueva película.

—Sería un gran Tompkins.

A Ryan le daba igual.

–No siempre se consigue lo que se quiere.

–Es tu padre.

Eso era decir mucho. Chad había sido su tutor, su casero y una presencia ausente en su vida.

Ryan sabía que todavía le contrariaba haber tenido que hacerse cargo del hijo que había engendrado con su segunda, tercera o quincuagésima amante. Para Chad, la muerte de la madre de Ryan había sido un gran inconveniente. Ya estaba criando a un hijo, por lo que no necesitaba la carga añadida de otro.

Aunque, todo había que decirlo, Chad no se había preocupado de Ben ni de él. Siempre estaba fuera rodando, por lo que Ben y él se criaron solos, con la ayuda de un ama de llaves. Ben, que era dieciséis meses mayor que Ryan, lo había ayudado en los oscuros y tristes años de su adolescencia.

Ryan idolatraba a Ben, que lo había acogido en su hogar y en su vida con los abrazos abiertos. Creía que no había nada que pudiera destruir su amistad, que Ben nunca lo defraudaría.

¡Qué equivocado estaba!

Ben… Aún se le formaba un nudo en la garganta al pensar en él. Sentía emociones encontradas: la pena se veía acompañada por la idea de la traición. El dolor, la pérdida y la rabia se mezclaban al pensar en su mejor amigo y hermano. ¿Acabaría aquello alguna vez?

La multitud que había frente a él se dispersó y Ryan contuvo el aliento. Allí estaba ella. La había besado antes, pero, entre el beso y la conversación con Leroy, no había tenido tiempo de examinarla. Pelo corto, tez blanca y ojos entre castaños oscuro y negros.

Conocía esos ojos. Frunció el ceño e inmediatamente pensó en su estancia en Londres y en la familia Brookes-Lyon. Neil le había mencionado en un correo electrónico de la semana anterior que su hermana pequeña se iba a vivir a Nueva York. ¿Cómo se llamaba? ¡Jaci! ¿Era ella? Llevaba doce años sin verla. Trató de recordar los detalles de la tímida hermana de Neil. El mismo color de pelo, pero entonces tenía una melena que le llegaba a la cintura. Su cuerpo delgado entonces era rechoncho. Pero esos ojos… No los había olvidado. Casi negros, como los de Audrey Hepburn.

¡Por Dios! Había besado a la hermana pequeña de su amigo más antiguo.

Se había olvidado por completo de que se había mudado a Nueva York y de que Neil le había pedido que la llamara. Tenía la intención de hacerlo cuando el trabajo disminuyera un poco, pero no pensaba encontrarla en aquella fiesta ni que la tímida adolescente se hubiera convertido en esa hermosa y sexy mujer que le había excitado de aquella manera.

Como si ella hubiera sentido que la miraba, giró la cabeza y lo vio. Su forma retadora de enarcar las cejas le indicó a Ryan que se había dado cuenta de que la había reconocido y que se preguntaba qué iba a hacer él al respecto.

Nada, decidió Ryan apartando la mirada. No tenía tiempo de pensar en su repentina atracción por Jaci. Su vida ya era suficientemente complicada, no necesitaba complicaciones añadidas.

Jaci entró a trompicones en Starfish Films a las nueve y cinco de la mañana siguiente, haciendo juegos malabares con el bolso, el móvil, dos guiones y un café con leche, y decidió que nunca más volvería a dormir menos de tres horas. Era el vivo retrato del mal humor.

No le había ayudado haberse pasado la mayor parte de la noche reviviendo el mejor beso que le habían dado nunca, recordando la fuerza del cuerpo masculino y el atractivo y fresco olor de la piel de Ryan. Hacía mucho que un hombre no le hacía perder el sueño; ni siquiera lo había perdido por Clive en los peores momentos de su relación. Además, no se había mudado de ciudad para perder el tiempo con hombres, guapos o no. Lo importante era su trabajo.

Era la oportunidad de hacerse un hueco en la industria cinematográfica. Tal vez no fuera tan brillante como su madre, pero sería ella.

Llegó a su escritorio y dejó los guiones en la silla. Se dijo que su elección había sido la correcta. Podía haberse quedado en Londres, pero se le había presentado la oportunidad de cambiar de vida y, a pesar de que estaba muerta de miedo, la iba a aprovechar. Iba a demostrarse a sí misma y a su familia que no era una inútil. Aquel era su momento, su vida, su sueño, y nada la distraería del objetivo de escribir los mejores guiones que pudiera.

Shona asomó la cabeza por la puerta del despacho.

–No has elegido el mejor día para llegar tarde, bonita. Ya ha comenzado una reunión en la sala de reuniones, así que te aconsejo que vayas para allá.

–¿Una reunión?

–Los jefes han vuelto y quieren intercambiar impresiones. Vamos.

Unos minutos después, Shona la guiaba por el edificio al tiempo que se tapaba la boca para disimular un bostezo.

–Estamos todos, incluidos los jefes, un poco cansados y con mucha resaca. No entiendo por qué hay que tener una reunión a primera hora de la mañana. Seguro que habrá gritos.

Se detuvo ante una puerta abierta, le puso una mano a Jaci entre los omóplatos y la empujó dentro. Esta dio un traspié y chocó con el brazo de un hombre que pasaba a su lado, que se vertió en el pecho la taza de café que llevaba en la mano, manchándose la camisa.

El hombre soltó un par de palabrotas.

–Lo que me faltaba.

Jaci se quedó inmóvil al levantar la vista y contemplar la boca que había besado la noche anterior. Se detuvo en sus ojos y en sus espesas cejas fruncidas.

–¿Jaci? ¿Qué demonios haces aquí?

–Jax, esta es JC Brookes, la nueva guionista –dijo Thom desde el otro lado de la sala. Tenía los pies sobre la mesa y una taza de café en la mano–. Jaci, te presento a Ryan «Jax» Jackson.

Ryan necesitaba una caja de aspirinas, limpiarse la camisa y salir del lío en que se había metido. Se había pasado casi toda la noche dando vueltas en la cama mientras pensaba en el cuerpo que había tenido entre los brazos, en su olor y en la calidez y el sabor de su boca.

Al final se había dormido, irritado y frustrado, horas después de acostarse, por lo que no tenía la energía mental suficiente para asumir que la mujer que había protagonizado sus sueños pornográficos la noche anterior no solo era la hermana menor de su amigo, sino también la guionista de su próxima película.

–¿Tú eres JC Brookes?

Jaci se cruzó de brazos. Ryan pensó que, a pesar de las ojeras de sus hipnóticos ojos castaños, tenía un aspecto fantástico. Tragó saliva e intentó concentrarse.

–¿Eres guionista? No sabía que escribieras.

Ella frunció el ceño.

–¿Por qué ibas a saberlo? Hace doce años que no nos vemos.

–Neil no me lo había dicho.

–No lo sabe –murmuró ella, y Ryan, a pesar de lo desconcertado que se hallaba, oyó una nota dolorida en su voz–. Solo les dije a él y al resto de la familia que me trasladaba a Nueva York durante un tiempo.

Ryan se separó la pegajosa camisa del pecho y se volvió hacia Thom.

–¿Cómo ha conseguido el empleo?

–Su agente me mandó un guion, lo leyó Wes, lo leí yo y lo leíste tú. A todos nos gustó, pero a ti te encantó. ¿Te suena de algo?

Ryan fue incapaz de rebatir las palabras de Thom. El guion de Jaci era una emocionante comedia de acción. Y Jaci, cosas del destino, que le había jugado una mala pasada, era su creadora. Y su único inversor, Leroy Banks, creía que era su novia y, además, pensaba que era un bombón, lo cual Ryan entendía perfectamente, ya que él también lo pensaba.

Asimismo, era una novia con la que no podía romper porque era su guionista, una de las personas clave de la nueva película.

–No sé por qué te pones así –se quejó Thom–. Jaci y tú ya os conocíais, pero la hemos contratado por sus méritos, sin conocer su relación contigo. Y punto. Así que, ¿podemos continuar de una vez con esta maldita reunión para que pueda volver a mi despacho y tumbarme en el sofá?

–Te sugiero que esperes a ver esto –Shona abrió el periódico y lo dejó en la mesa. Ryan lo miró y el corazón se le detuvo.

A todo color y ocupando media página había una

fotografía hecha la noche anterior en el vestíbulo frente al salón de baile del hotel Forrester-Graham. Una de las manos de Ryan sujetaba una cabeza rubia, la otra descansaba sobre unas perfectas nalgas. Los brazos de Jaci le rodeaban el cuello y sus bocas estaban unidas.

Ryan leyó el breve texto de debajo de la fotografía:

Ryan Jackson, el productor ganador de un premio por Stand Alone *lo celebra en los brazos de JC Brookes en la fiesta de anoche de los premios de cine y televisión. Ella es una guionista a la que ha contratado Starfish Films. Es famosa en Inglaterra por ser hija de Archie Brookes-Lyon, director de periódico, y de su esposa Priscilla, multipremiada autora de novela histórica. Recientemente ha roto su compromiso con Clive Egglestone, que estaba destinado a gobernar su país antes de que se descubriera su implicación en varios escándalos sexuales.*

¿Qué compromiso? ¿Qué escándalos sexuales? Neil tampoco le había dicho nada de eso. ¿Jaci había sido la prometida de un político? Ryan no conseguía imaginárselo. Pero eso no era lo importante en aquel momento.

Le pasó el periódico a Thom. Cuando su amigo alzó la vista y lo miró, sus ojos expresaban preocupación y horror.

−¡Vaya! −se limitó a exclamar.

Ryan miró los rostros de sus empleados, sentados alrededor de la mesa, agarró una silla y se sentó. Supuso que tenía que darles una explicación.

–Jaci y yo nos conocemos. Es la hermana menor de un viejo amigo. No mantenemos relación alguna.

–Eso no explica el beso –puntualizó Thom.

–Jaci me besó impulsivamente porque Leroy intentaba flirtear con ella y necesitaba librarse de él.

Eso explicaba el beso de ella, pero no por qué la había besado él después. Pero ni Thom ni el resto del personal necesitaban saberlo.

–Le dije que era mi novia y que hacía unos días que no nos veíamos. Yo ya lo había planeado todo. Cuando Leroy y yo volviéramos a vernos, si me preguntaba por ella, le diría que nos habíamos peleado y que se había vuelto a Inglaterra. No se me ocurrió que mi novia de cinco minutos fuera también mi nueva guionista.

Thom se encogió de hombros.

–No pasa nada. Cuéntale que os habéis peleado y que se ha ido. ¿Cómo va a saber que no es verdad?

–Porque anoche me dijo que quería conocer a las principales personas que participan en el proyecto, lo cual incluye al guionista.

–¡Oh, no! –gimió Thom.

Ryan se volvió y miró a Jaci quien, totalmente perpleja, no se había movido de la puerta.

–Vamos a mi despacho.

Ryan pensó que la mañana se había complicado aún más de lo que esperaba.

Capítulo Tres

Jaci se detuvo en el umbral de la puerta del despacho de Ryan sin saber si debía entrar en aquella caótica habitación, cuyos escritorios y sillas estaban llenos de carpetas, guiones y tacos de folios, o quedarse donde estaba. Él estaba en el cuarto de baño. Se oía el agua de un grifo abierto y un montón de palabrotas.

Jaci no entendía lo que acababa de suceder. Lo único que sabía era que Jax era Ryan y su nuevo jefe.

También sabía que el haberlo besado había tenido mayores consecuencias de las que había previsto.

Ryan salió del cuarto de baño sin la camisa y con otra limpia en la mano. Ella lo contempló con un suspiro y pensó que podía aparecer en la portada de cualquier revista masculina de *fitness*. Sintió un cosquilleo en todo el cuerpo y se preguntó por qué había tardado casi veintiocho años en sentir verdadera atracción y deseo por un hombre. Bastaba con que él respirara para que se pusiera a temblar.

—Te llamabas Ryan Bradshaw. ¿De dónde ha salido el apellido Jackson? —le espetó Jaci. Fue lo único que se le ocurrió, aparte de «bésame como lo hiciste anoche».

Ryan frunció el ceño y sacudió la camisa antes de colgársela del brazo.

–Sabías que Chad era mi padre y Ben mi hermano, por lo que suponías que yo me apellidaría igual. Pues no es así –respondió con frialdad.

Ella cerró la puerta.

–¿Por qué no?

–Conocí a Chad a los catorce años, cuando un tribunal sentenció que debía vivir con él tras la muerte de mi madre. Él la había abandonado en cuanto le dijo que estaba embarazada, por lo que es el apellido de ella el que aparece en mi partida de nacimiento. Acababa de perder a mi madre y no estaba dispuesto a perder también su apellido.

Se pasó la mano por la cara.

–¿Qué importa todo eso? Pasemos a otra cosa.

Jaci pensó que le hubiera gustado saber más de su infancia y de su relación con su padre y su hermano, que, a juzgar por el dolor que expresaban sus ojos, no debía de haber sido buena.

–¿Cómo demonios voy a arreglar esto? –preguntó él.

–Siento haberte causado problemas por haberte besado. Fue una acción impulsiva para librarme de Leroy.

Ryan se puso la camisa sin dejar de mirarla.

–Era insistente y no estaba dispuesto a dejarme en paz –añadió ella–. Lamento que nos hicieran una foto besándonos. Sé la invasión que eso supone de tu intimidad.

Él miró el periódico que había dejado en el escritorio.

–Parece que sabes de qué hablas. ¿Escándalos sexuales? ¿La prometida de un político?

–Todo eso y más –Jaci alzó la barbilla desafiándolo y lo miró a los ojos–. Está todo en Internet, si necesitas lectura antes de dormirte.

–No leo basura.

–Pues no voy a contarte lo que pasó.

–¿Acaso te lo he pedido?

Claro que no. Jaci se puso colorada.

Era hora de marcharse.

–Si quieres que le pida disculpas a tu novia o a tu esposa, lo haré –pensó añadir que no les diría que él la había besado después, pero decidió no echar más leña al fuego.

–No tengo pareja, lo cual es lo único positivo de todo esto.

–Entonces no entiendo a qué viene tanta preocupación. Los dos estamos solteros y nos besamos. Vale, ha salido en los periódicos, pero ¿a quién le importa?

–A Leroy Banks. Y además le dije que eras mi novia.

–¿Y? –ella seguía sin entender.

Ryan le dirigió una mirada llena de frustración y ansiedad.

–Para producir *Blown Away* necesito un presupuesto de ciento setenta millones de dólares. No me gusta recurrir a inversores, pero de los cien millones que tengo no puedo disponer en este momento. Además, con una suma tan grande, prefiero arriesgar el dinero ajeno en vez del mío. Ahora mismo Banks es el único que puede decidir si *Blown Away* verá la luz o si la guardo en un cajón y produzco otra película de menor presupuesto. Creí que estábamos a punto de firmar el contrato –prosiguió Ryan– pero me está apretando las clavijas.

–¿Por qué?

–Porque sabe que lo he pillado flirteando con mi novia y se siente violento. Quiere recordarme quién manda aquí.

Ya lo entendía, pero prefería no haberlo hecho. ¿Había puesto en peligro una inversión de cien millones de dólares?

–Y soy tu guionista, una de las personas fundamentales para el proyecto.

–Sí –Ryan se sentó en el borde del escritorio, agarró un pisapapeles y comenzó a pasárselo de una mano a la otra–. No podemos decirle que te lanzaste a mis brazos porque te resultaba repulsivo. Si lo hacemos, podemos despedirnos definitivamente del dinero.

–¿Por qué no me quedo en la sombra? –preguntó Jaci. No era lo que deseaba, no había llegado a Nueva York para eso. Sin embargo, lo haría si así se producía la película–. Él no sabe que el guion es mío.

Ray dejó el pisapapeles, se cruzó de manos y la miró. Después, negó con la cabeza.

–Eso me supondría muchos problemas. En pri-

mer lugar, has escrito el guion y el mérito es todo
tuyo; en segundo lugar, no me gusta mentir. Siempre
tiene consecuencias desagradables.

¡Vaya! Era un tipo honrado. Jaci creía que la es-
pecie se había extinguido hacía tiempo.

Se sentó en la silla más próxima, sobre un montón de guiones.

—Entonces, ¿qué vamos a hacer?

—Te necesito como guionista y necesito a Leroy
como inversor para hacer la película, así que haremos lo único que podemos.

—¿Qué es?

—Seremos lo que Leroy y todo el mundo creen,
una pareja, hasta que tenga el dinero en el banco.
Después nos separaremos alegando diferencias irre-
conciliables.

Jaci negó con la cabeza. No se veía capaz de hacerlo. Acababa de salir de una relación y no creía
poder iniciar otra, falsa o no.

—No, no estoy dispuesta a hacerlo.

—Has sido tú quien me ha puesto en esta situación
al arrojarte a mis brazos, así que, te guste o no, vas
ayudarme a salir de ella.

—En serio, Ryan…

Este entrecerró los ojos.

—Si no recuerdo mal, aún no has firmado el contrato.

—¿Es que no vas a formalizarlo si no acepto hacer
lo que me propones?

—Ya he comprado los derechos del guion. Es mío,

por lo que puedo hacer con él lo que quiera. Quiero efectuar algunos cambios, y preferiría que fueras tú quien los escribiera, pero puedo pedirle a Wes o a Shona que lo hagan.

–¡Me estás chantajeando! –gritó Jaci, llena de furia. Miró el pisapapeles del escritorio y pensó en lanzárselo a la cabeza. Tal vez a Ryan no le gustara mentir, pero no le importaba manipular a los demás.

Él suspiró y colocó el pisapapeles sobre unas carpetas.

–Mira, has sido tú la causante del problema, así que ve pensando cómo solucionarlo. Considéralo parte de tu trabajo.

–¡No me eches la culpa!

Ryan enarcó una ceja y ella frunció el ceño.

–¡Al menos, la culpa no es toda mía! ¡El primer beso iba a ser un simple roce, pero tú lo convertiste en un beso apasionado! –grito Jaci al tiempo que se agarraba a los brazos de la silla.

–¿Qué iba a hacer? ¡Te abrazaste a mí y pegaste tu boca a la mía! –respondió él en el mismo tono.

–¿Sueles meter la lengua en la boca de desconocidas?

–¡Sabía que te conocía! –rugió él.

Se levantó de un salto y fue a mirar por la ventana. Jaci observó que respiraba hondo un par de veces. La asombraba estarse peleando con aquel hombre, gritándole, pero estaba eufórica. No tenía sentimientos de culpa ni de fracaso, lo cual era una novedad. Tal vez Nueva York fuera a sentarle bien.

–Entonces, ¿qué vamos a hacer? –preguntó ella.

Tenían que hacer algo, no estaba dispuesta a renunciar a su trabajo. Tenía que demostrar su valía en aquella dura ciudad. Después, nadie dudaría de ella.

–¿Quieres que produzca la película? ¿Quieres ver tu nombre en los títulos de crédito? –preguntó él sin volverse.

–Por supuesto.

–Entonces, necesito el dinero de Leroy.

–Seguro que no es el único inversor al que puedes recurrir.

–En primer lugar, los inversores no crecen en los árboles. Además, llevo casi año y medio discutiendo el acuerdo. No puedo perder más tiempo y no quiero haberme esforzado para nada.

–Y, para conseguir el dinero, tenemos que ser pareja.

–Una falsa pareja –la corrigió Ryan a toda prisa–. No quiero ni necesito una relación de verdad.

Ella tampoco.

–Así que iremos a fiestas juntos, al teatro o a la ópera y a restaurantes caros –prosiguió él– ya que Banks querrá demostrarme lo importante que es y demostrarte lo que te has perdido.

–Qué bien.

–No tenemos otra opción.

Jaci se pasó las manos por la cara. ¿Quién hubiera imaginado que un beso impulsivo podía desembocar en aquel lío? No tenía más remedio que seguir el plan de Ryan y convertirse en su novia de forma temporal. Si no lo hacía, meses de trabajo suyo, de Ryan y de Thom, se evaporarían. Y dudaba de que ninguno de los dos quisiera volver a trabajar con ella si la consideraban responsable de la ruptura del acuerdo con Banks.

–Muy bien. Tampoco tengo… tenemos muchas opciones.

Ryan se volvió, suspiró y se frotó las sienes con la punta de los dedos, lo que indicó a Jaci que le dolía la cabeza. Menos mal que no le había tirado el pisapapeles.

–Tal vez Leroy cambie de idea y no quiera vernos, por lo que nos habremos librado del problema –dijo él.

–¿Qué posibilidades hay de que eso suceda?

–No muchas. No le gusta que seas mi novia. Me pondrá las cosas difíciles.

–Porque eres todo lo que él no es –murmuró Jaci.

–¿A qué te refieres?

«A que eres alto, guapo, sexy y encantador cuando quieres. Y eres un productor famoso y con éxito», pensó ella.

Ryan agarró la botella de agua que había en el escritorio y le dio un trago.

–Entonces, en cuanto Leroy se ponga en contacto conmigo, te lo diré.

–Muy bien –Jaci se levantó.

–Una cosa más, en el trabajo nos comportaremos como profesionales: tú serás mi empleada, y yo, tu jefe –afirmó Ryan.

Jaci pensó que eso tenía lógica, salvo por la electrizante tensión sexual que había entre ellos. Aunque, a juzgar por el tono de su voz y de su expresión impenetrable, Ryan no parecía darse cuenta de ella. Jaci supuso que sería buena idea hacer lo mismo.

Pero sus pies la llevaban a acercarse a él, sus labios necesitaban volver a sentir los suyos… Era una locura.

–De acuerdo. Entonces, vuelvo al trabajo.

–Sí, buena idea.

Cuando Jaci salió de su despacho, Ryan se sentó y giró la cabeza a un lado y a otro para aliviar la tensión que sentía en el cuello y los hombros. En cuestión de diez horas, tenía novia y peligraba el acuerdo más importante de su vida si Jaci y él no conseguían que su idilio fuera creíble. No había exagerado al decirle a Jaci que Leroy se pondría furioso si se daba cuenta de que ella lo estaba usando como una excusa para apartarse de sus largas manos.

Lo que complicaba las cosas era el beso, el fantástico y apasionado encuentro de sus bocas. Y Jaci tenía razón. El primer beso, el que ella le había dado, había sido suave y precavido; había sido él el que lo había hecho más profundo, apasionado y húmedo. Era cierto que ella lo había seguido sin rechistar. Y a él no le hubiera importado que hubieran continuado.

«Concéntrate, idiota», se dijo. El sexo debería ocupar los últimos puestos de su lista de prioridades.

Había añadido leña al fuego al decirle a Leroy que Jaci era su novia. Este la deseaba y, por eso, le iba a poner difícil acceder a su dinero.

Al igual que su padre, Leroy Banks quería automáticamente lo que no podía ni podría obtener. Ryan sabía que, a pesar de lo atractiva que le pudiera resultar Jaci, perseguirla no tenía que ver realmente con ella, como la propia Jaci había señalado antes, sino con Ryan, con el hecho de que ella estaba con él, que era un tipo alto, con un buen cuerpo y un rostro agradable.

Lo que hubiera sido un proceso relativamente sencillo le supondría unas cuantas semanas más y mucho esfuerzo añadido. Conocía a los tipos como Leroy, que era como su propio padre. Eran personas a las que muy raramente se les negaba algo y, cuando eso sucedía, les daba igual.

En el mejor de los casos, Leroy y ellos dos cenarían juntos un par de veces, y era de esperar que a Leroy le distrajera otra hermosa mujer y dejara de prestarles atención.

En el peor de los casos, Leroy se cerraría en banda y lo presionaría negándole el dinero para la película.

Su padre tenía acceso al dinero que necesitaba, pero no se lo pediría bajo ningún concepto. En uno de sus numerosos y recientes correos electrónicos, Chad le había dicho que él y sus amigos estaban dispuestos a invertir hasta doscientos millones de dólares en una de sus películas, siempre que él tuviera un papel. Parecía que se le había olvidado que su última y definitiva pelea, la que había acabado destruyendo su frágil relación, había sido a causa de la industria cinematográfica, el dinero y el papel Chad en una película.

Tras la muerte de Ben, sus amigos y seguidores habían utilizado las redes sociales y los medios de comunicación para animar a Ryan a producir un documental sobre su hermano, cuyos beneficios se donarían a una ONG en nombre de Ben. También le habían sugerido que el narrador fuera su padre.

Ryan había perdido en aquel accidente a las dos personas que más quería, las mismas que lo habían traicionado de la peor manera posible. Mientras trataba de lidiar con la pena, la idea del documental fue ganando terreno, y se vio embarcado en el proyecto sin entusiasmo, pero incapaz de negarse. Un amigo de Ben escribió un guion aceptable y su padre accedió a narrarlo. Pero, en el último momento, Chad dijo que quería cobrar por hacerlo.

Y no una cantidad simbólica, sino diez millones de dólares, dinero que Ryan no tenía en aquella época. Ryan se sentía traicionado por Ben, con el corazón destrozado por Kelly y furioso porque Chad, su padre y el de Ben, hubiera intentado aprovecharse de la muerte de su hijo.

Después de aquel estallido, Ryan se dio cuenta de lo solo que estaba. Pero, al cabo de un tiempo, comenzó a disfrutar de la libertad que su solitario estado le proporcionaba. Le gustaba su ajetreada vida.

De vez en cuando tenía una aventura con alguna mujer que nunca le duraba más de mes y medio. Tenía buenos amigos, trabajaba y producía excelentes películas. Y si a veces deseaba algo más, una compañera, una familia, rechazaba esos pensamientos. Estaba satisfecho.

O lo estaría si no tuviera una falsa novia que le excitaba solo con respirar, un inversor que pretendía manipularle y un padre que no cesaba de intentar recomponer su relación.

Capítulo Cuatro

Jaci estaba sentada con las piernas cruzadas en el sofá y lanzó una maldición cuando el timbre de la puerta le indicó que tenía visita. Miró el reloj. Eran las nueve y veinte de la noche, un poco tarde para recibir visitas.

Frunció el ceño, se dirigió a la puerta y presionó el botón.

–¿Sí?

–Soy Ryan.

¿Ryan? Era la última persona que se esperaba a esa hora. Después de haberse marchado de su despacho cuatro días antes, no había vuelto a hablar con él, y esperaba que hubiera desechado la ridícula idea de que fingiera que era su novia.

–¿Puedo subir?

Jaci se miró las zapatillas de estar por casa, los pantalones de yoga, rotos en una rodilla, y la camiseta, dos tallas más grande que la suya, que era de Clive. Estaba despeinada y el maquillaje le había desaparecido después de haberse duchado tras correr en Central Park.

–¿No puedes esperar hasta mañana? Es tarde y estoy vestida para acostarme.

–Me da igual lo que lleves puesto. Abre de una vez.

Había tanta determinación y arrogancia en su voz que Jaci pensó que seguiría tocando el timbre del telefonillo hasta que le abriera. Además, quería oír lo que tenía que decirle.

Pero la razón principal de abrirle era que quería verlo, oír su voz, inhalar su olor y devorar su hermoso cuerpo con los ojos.

Apoyó la cabeza en la puerta y trató de calmarse. Tener a Ryan en su casa, estar sola con él, era peligroso. El piso no era grande y el dormitorio estaba a un paso de la puerta.

«No estarás pensando en llevarte a la cama a tu jefe. ¡Por favor, intenta ser sensata!», se dijo.

Ryan llamó a la puerta y ella le abrió. Llevaba unos vaqueros descoloridos, una camiseta negra y una chaqueta de cuero echada al hombro. Tenía ojeras, barba de tres días y parecía cansado.

–Hola –dijo él al tiempo que se apoyaba en el marco de la puerta.

–Hola. ¿Qué haces aquí? Es tarde.

–Leroy ha contestado por fin a mis llamadas. ¿Puedo entrar?

Ella asintió y retrocedió para dejarle entrar. Ryan dejó la chaqueta en una silla y miró a su alrededor.

–No es como tu casa inglesa.

–No.

La casa de su infancia era antigua y majestuosa, pero sus padres la habían convertido en un hogar.

No era una pieza de mueso. Estaba llena de antigüedades y cuadros que se habían ido heredando de generación en generación, pero también estaba llena de libros, de correas de perros, de tazas de café y de revistas.

–¿Consiguió tu madre que le repararan la escalera? Recuerdo que le daba la lata a tu padre para que la arreglara. Decía que llevaba veinte años volviéndola loca.

¿Era añoranza lo que Jaci oyó en su voz o se lo estaba imaginando? Siempre había sido difícil saber lo que Ryan pensaba.

–La escalera sigue teniendo una grieta. Nunca la reparará. Ami madre le gusta tomarle el pelo a mi padre por su falta de habilidad para las reparaciones domésticas. ¿Quieres tomar algo?

–Un café solo con un chorrito de whisky, a ser posible.

Jaci le dijo que se sentara, pero él la siguió a la minúscula cocina.

–¿Te gusta el trabajo? –preguntó él.

Jaci sonrió.

–Me encanta. Me habías dicho que querías efectuar algunos cambios en *Blown Away*, pero tengo que hablar con Thom y contigo para saber exactamente lo que queréis. Tu secretaria me ha dicho que tenéis horarios muy apretados.

–Te prometo que intentaré hacerte un hueco lo antes posible.

Jaci se puso de puntillas para alcanzar la botella

de whisky que estaba en el estante superior. Ryan se puso detrás de ella y, como era más alto, la agarró fácilmente. Jaci supuso que se apartaría de inmediato, pero sintió su nariz en el cabello y el roce de sus dedos en la cadera. Esperó conteniendo el aliento a ver si Ryan la giraba hacia él al tiempo que se preguntaba si le pondría las manos en los senos y llevaría su increíble boca a la de ella.

–Aquí tienes.

El golpe de la botella cuando él la dejó en la encimera la sacó de su ensoñación. Con la boca seca y las manos temblorosas, desenroscó el tapón y vertió una generosa cantidad de whisky en las tazas.

–Es una coincidencia increíble que tú, la hermana de mi viejo amigo, hayas escrito un guion que yo, que nosotros, hayamos aceptado –dijo Ryan al tiempo que levantaba los brazos y se agarraba al marco de la puerta. Al hacerlo, la camiseta se le subió y dejó al descubierto su musculoso y bronceado abdomen. Jaci tuvo que morderse la lengua para no gemir.

–En realidad, no me sorprende que te guste el guion. A fin de cuentas, *Blown Away* fue idea tuya.

–¿Mía?

Jaci sirvió el café y agarró las tazas. No podía respirar en aquella cocina tan pequeña. Necesitaba que hubiera espacio entre aquel hombre tan sexy y ella.

–¿Nos sentamos?

Ryan asió su taza, volvió al salón y se sentó en un extremo del sofá. Jaci lo hizo en una silla, frente a él, y puso los pies en la mesita de centro.

Él tomó un sorbo de café y la miró.

–Explícamelo.

–Viniste a casa poco después de dejar la uni…

–No la dejé, obtuve la licenciatura.

–Pero tienes la misma edad que Neil, y él estaba en primer curso.

Ryan se encogió de hombros. Parecía incómodo.

–Hizo un curso intensivo. Me resultaba fácil estudiar.

–Qué suerte –murmuró ella.

A diferencia de sus hermanos, había tenido que esforzarse mucho para que la admitieran en la universidad, que abandonó a mitad del segundo curso. Creía que Ryan y ella tenían eso en común, pero resultaba que era un intelectual como sus hermanos y sus padres. Ella era la menos inteligente de los dos que se hallaban en aquel salón.

Por suerte tenía mucha práctica al respecto.

–¿Me explicas lo del guion?

–Pues viniste a casa con Neil y os pusisteis a jugar al ajedrez. Llovía a cántaros. Yo estaba leyendo –en realidad lo observaba, pero no iba a decírselo–. Hablabais de trabajo y Neil te preguntó si ibas a trabajar en la industria cinematográfica, como tu padre.

Jaci miró su taza.

–Contestaste que con Ben y tu padre ya se había cubierto el cupo, que tú querías hacer otra cosa, que ibas a mantenerte alejado del cine.

–Como ves, mantuve mi palabra –dijo él en tono sarcástico.

–Neil te dijo que te engañabas, que lo llevabas en la sangre al igual que ellos.

–Tu hermano es muy listo.

–Neil comenzó a provocarte inventándose argumentos de películas que eran horribles. Tú se lo dijiste y te inventaste uno sobre un policía cansado de su trabajo y su luchadora compañera que intentaban evitar que un pirata informático tomara como rehén una ciudad entera. Por aquel entonces, yo escribía novelas románticas, pero anoté algunas de tus ideas y las guardé. Hace año y medio aproximadamente las encontré, me atrajeron y me puse a escribir –Jaci tomó un sorbo de café–. No me sorprende que te guste el guion, pero sí que tengas una productora y que yo trabaje para ti.

–A mí también. Hablando de otra cosa, Leroy ha comenzado con sus exigencias. Nos ha invitado a que vayamos con él al estreno de *El lago de los cisnes*, que interpreta el Ballet de la Ciudad de Nueva York.

Jaci gimió.

–¿No te gusta el ballet? Creí que le gustaba a todas las mujeres –Ryan parecía perplejo–. ¿No tenía tu familia un abono para la Royal Opera House, tanto para ballet como para ópera?

–Así es. Me llevaban con ellos para torturarme –Jaci hizo una mueca–. Prefiero ir a un concierto de rock.

–Pero ¿me acompañarás?

Ella arrugó la nariz.

–Supongo que tendré que hacerlo. ¿Cuándo es?

–Mañana. Yo tengo que ir de esmoquin, lo que significa que tú tendrás que ponerte un vestido de noche o algo así.

Jaci lo miró, horrorizada.

–¿Bromeas? ¿Mañana?

–Por la tarde. Te recogeré a las seis.

–No tengo nada que ponerme. Solo el vestido con el que me viste la noche de nuestro encuentro.

Ryan tomó otro sorbo de café y se encogió de hombros.

–Creo que sigue habiendo un millón de tiendas de ropa en Manhattan.

Jaci se había prometido a sí misma que, ya que se había librado de Clive y de tener que elegir la ropa que le gustara a la prensa, podría volver a ponerse lo que le gustaba y con lo que se sentía ella misma. Cuando se marchó de Londres, se dijo que no volvería a ponerse un vestido de noche a menos que la apuntaran con una pistola.

Por desgracia, arriesgarse a perder tantos millones no era una pistola, era un cañón.

–¿Sigues pensándotelo? –preguntó Ryan. No es para tanto. ¿Tan difícil es ir de compras?

–Eso solo se le ocurriría decirlo a un hombre –respondió ella levantándose–. ¿Qué quieres que lleve?

Ryan se encogió de hombros y la miró, perplejo.

–¿Y a mí qué más me da?

–Voy por ti, Ryan. Dame una pista… ¿Algo majestuoso, extravagante, supersexy?

–¿De qué demonios hablas? Ponte un vestido, ve al teatro y sonríe. Ya está. Agarra algo de tu armario y póntelo. Debes tener algo que ponerte.

Era evidente que Ryan no la entendía.

–Ven conmigo –le ordenó ella.

Ryan, con la taza en la mano, la siguió hasta el dormitorio principal. Jaci abrió el vestidor y entró en él. Estaba casi vacío. Salvo el vestido que se había puesto la noche de la fiesta, las demás prendas que colgaban de las perchas que había en los estantes eran negras.

–¿Eres miembro de un aquelarre o algo así? ¿O esto es lo que te dejaron después de robarte?

–Tengo mucha ropa –dijo ella en tono glacial–. Por desgracia, no se encuentra en este continente.

–Ya lo veo. ¿Por qué?

–No pensaba volver a ponérmela.

–Me parece increíble que estemos teniendo esta conversación sobre ropa. Pero, vuelvo a preguntarte, ¿por qué?

Jaci bajó la vista y se cruzó de brazos. Después de un largo silencio, él le alzó la barbilla con un dedo y la miró a los ojos.

–¿Por qué, Jaci?

–Solo me he traído unas cuantas prendas. Iba a buscar ropa que me gustara, que quisiera ponerme, que me hiciera feliz. Ahora tengo que comprarme otro vestido de noche serio y aburrido que, probablemente, no volveré a ponerme.

Él entrecerró los ojos.

–¿Por qué tiene que ser serio y aburrido?

–Eres un personaje público. Y te juegas mucho en ese trato. Es importante que yo desempeñe mi papel correctamente.

Él esbozó una sonrisa.

–Si el trato depende de lo que lleves puesto, estoy en un lío mayor del que pensaba. Estás haciendo una montaña de un grano de arena, Jaci. Ponte lo que quieras. Hazme caso. De todos modos, me interesa más lo que hay debajo de la ropa.

Era evidente que no se lo tomaba en serio.

–Ryan, la impresión que causas es importante.

–Tal vez en el caso de un político –replicó él, impaciente.

No lo entendía. La prensa no lo había crucificado por, entre otras cosas, cómo se vestía. Ella había acabado harta en el Reino Unido y no quería volver a vivirlo. Por eso no quería exponerse a la vista del público y evitaba las funciones como aquella a la que Ryan iba a llevarla. Y si tenía que ir, como en aquel caso, se pondría algo que no llamara la atención.

–Ya se me ocurrirá algo.

–No me fío. Probablemente acabarás comprándote algo negro.

Pues sí, ese era el plan.

–Te voy a llevar de compras –añadió él con una expresión obstinada en el rostro.

¿Que Ryan iba a ir de compras con ella? ¿Que iban a comprar juntos un vestido de noche? Jaci no se lo creía.

–Creo que no… No estoy segura de…

–Necesitas un vestido y te voy a comprar uno que no sea adecuado para un funeral –dijo él con firmeza–. Mañana.

–Sería mucho más fácil que buscaras una excusa para justificar mi ausencia de la función.

–De ninguna manera –dijo él. Dejó de mirarla y dirigió la vista a la cama y de nuevo a su rostro.

Eso bastó para que la inseguridad de Jaci sobre la ropa, sobre sí misma, desapareciera y fuera sustituida por un apasionado deseo. Vio que los ojos de él se oscurecían y supo lo que estaba pensado porque ella pensaba lo mismo. ¿Cómo sería estar en la cama juntos, desnudos, con los miembros entrelazados, las bocas fundidas, produciendo esa exquisita fricción que era más antigua que el tiempo?

–¿Jaci?

Ella parpadeó y observó una ardiente pasión en los ojos masculinos. Por si eso no era prueba suficiente de lo que él deseaba hacer, estaba la impresionante protuberancia de sus pantalones.

–Lo único que me interesa de tu ropa es cómo quitártela. Deseo arrancarte esa ridícula camiseta y esos pantalones raídos para ver qué llevas debajo.

–Nada, nada en absoluto. Jaci se lamió el labio superior y él gimió.

–Estoy desesperado por hacer lo que ambos estamos pensando –dijo él con la voz ronca de deseo–. Pero eso solo complicaría la situación en que nos hallamos. Será mejor que me vaya.

¿Mejor para quién? No para la libido de Jaci, eso seguro. No dijo nada. Ryan se detuvo en la entrada de la habitación y se volvió a mirarla.

–Hay un café en la esquina.

–Sí.

–Nos vemos allí a las nueve para ir de compras.

Jaci asintió.

–De acuerdo.

Ryan sonrió lentamente.

–Y, para que lo sepas, valoro más la autenticidad que los convencionalismos.

Ryan salió del café con dos vasos para llevar y miró a derecha e izquierda sin ver a Jaci en ninguna parte. Las mesas de fuera estaban llenas, por lo que buscó una zona de la pared donde diera el sol para esperarla.

Tenía millones de cosas que hacer esa mañana, pero iba a llevar a Jaci de compras. Había algo que andaba mal. En cuestión de mujeres, se regía por tres reglas: nunca se quedaba a dormir con ellas, nunca extendía la relación más allá de mes y medio y nunca hacía nada que pudiera interpretarse, aunque fuera remotamente, como algo que haría una pareja, como ir a comprar ropa.

Pero cien millones de dólares…

Jaci podía aparecer en tanga, que él no se inmutaría. Le daba igual lo que pensaran Leroy o la gente en general. Sin embargo, parecía que Jaci estaba dispuesta a hacer las cosas bien y con elegancia. Algo de lo que le había dicho la noche anterior lo había conmovido. Le resultaba increíble que ella, sexy y externamente tan segura de sí misma, pudiera sentirse tan insegura sobre lo que iba a ponerse y sobre su aspecto. Alguien la había hecho creer que no estaba a la altura tal como era, lo cual lo enfurecía.

Tal vez porque le tocaba de cerca, ya que, para su padre, no había sido ni sería el hijo que deseaba y necesitaba, el hijo que había perdido. Era extraño que compartiera con Jaci parte de su disfuncional vida familiar.

Nunca hablaba de su pasado, sobre todo porque le resultaba violento contar lo mal que se sentía. Era lo que sucedía cuando conocías a tu padre y a tu hermanastro a los catorce años y, al día siguiente de mudarte a vivir con ellos, tu padre se marchaba seis meses a rodar una película.

Ben y él pronto se dieron cuenta de que podían hacer caso omiso el uno del otro, pues la casa era lo suficientemente grande para permitírselo, o podían ser amigos y hacerse compañía. La necesidad de compañía se convirtió en lo que él consideraba un vínculo indestructible.

Ryan miró el suelo y pensó que los vínculos podían romperse. Él tenía cicatrices emocionales para demostrarlo. Lo único que hacía falta eran dos muertes en un accidente de tráfico y la subsiguiente revelación de una relación amorosa.

–Hola.

Estaba tan sumido en sus pensamientos que ella se le había acercado sin que se diera cuenta. Ryan le dio uno de los vasos.

–Gracias –Jaci dio un sorbo al café y alzó el rostro hacia el sol–. Hace un día precioso.

Ryan le puso la mano en la espalda; sintió la calidez de su piel a través de la fina chaqueta, la curva de sus nalgas estaba a unos centímetros de su mano. La tentación se apoderó de él.

Se llevó los dedos a la boca y silbó. Unos segundos después, un taxi paró a su lado. Él abrió la puerta e invitó a Jaci a entrar.

–¿Adónde van?

Ryan le dio una dirección en el Soho.

–Si no encontramos allí lo que buscamos, iremos a Little Italy, donde también hay muchas tiendas.

Ella frunció el ceño.

–Creía que iríamos a la Quinta Avenida.

–Vamos a probar algo distinto –replicó él al tiempo que echaba una ojeada al traje de chaqueta negro y hecho a medida que ella llevaba.

El color le daba dolor de cabeza. A la adolescente que había conocido le encantaban los colores vivos, y a él le gustaría volver a verla con ellos. Quería que su novia, falsa o no, fuera la verdadera Jaci, no una versión acartonada de lo que ella creía que debía ser.

Capítulo Cinco

Sus visitas anteriores a Nueva York habían sido muy rápidas, por lo que Jaci no había tenido tiempo de apreciar la ciudad en detalle. Había estado en el Soho, pero no recordaba su elegante arquitectura, las calles adoquinadas y el ambiente artístico.

Por primera vez en mucho tiempo, se sintió fuera de lugar. La antigua Jaci, la que había sido antes de la aparición de Clive y de los modelos que este insistía en que se pusiera, la que llevaba vaqueros y camiseta, pertenecía al Soho.

Ryan le señaló una boutique y ella suspiró, pues las prendas que se veían en el escaparate eran minimalistas y con mucho estilo. Se dirigieron hacia allí. Cuando estaban a punto de entrar, él la agarró del brazo.

—Esto no es una sesión de tortura, Jaci. Si no te gusta, no perdamos el tiempo. ¿Por qué no te compras algo que te guste ponerte en vez de algo que crees que deberías ponerte?

¡Ojalá pudiera! El problema era que su estilo era demasiado roquero y desenfadado, le explicó.

—Una camiseta ajustada de Nirvana no daría muy buena imagen a un político.

Ryan le miró los senos antes de volver a mirarle el rostro. Jaci contuvo la respiración al ver el deseo que había en sus ojos.

—En mi opinión, no hay nada malo en una camiseta ajustada. Además ya no eres su novia ni estás en Londres. Puedes ser quien quieras y vestirte como desees. Y eso incluye cualquier función a la que asistamos como falsa pareja.

Parecía tan sencillo… Ella deseó que lo fuera. Pero no era fácil librarse de los viejos hábitos. Y seguía teniendo el deseo de agradar, de hacer lo que se esperaba de ella, de comportarse y vestirse en consecuencia.

—Busca algo que quieras ponerte esta noche. Y si no me parece adecuado, te lo diré, ¿de acuerdo?

Jaci sintió una punzada de excitación, la primera que experimentaba al ir a comprar ropa desde hacía mucho tiempo. Asió a Ryan por la muñeca mientras su vista iba de su boca a sus ojos de largas pestañas. Quería volver a besarlo, sentir sus labios en los suyos, probar de nuevo su sabor.

Entonces, él llevó a cabo lo que ella le estaba rogando mentalmente que hiciera: la besó. Besarlo al sol en el Soho era la perfección absoluta. Ella le puso las manos en la cintura y él profundizó el beso y deslizó la lengua dentro de su boca para enredarla con la de ella de forma suave y lenta.

Ryan sabía a café y menta. Se aproximó más a él, que la apretó contra sí. No le importó que se hallaran en medio de una calle llena de gente. Solo estaban

Ryan y ella besándose en una calle al sol de la primavera.

Jaci perdió la noción del tiempo. No tenía ni idea de cuánto había pasado cuando él se separó.

«Por favor, no digas que lo sientes o que ha sido un error. No lo soportaría», se dijo.

–Tengo que dejar de hacer esto –murmuró él–. Tenemos que buscarte un vestido.

Ella asintió al tiempo que deseaba tener el valor de decirle que prefería que buscaran una cama.

Salieron de otra tienda más con las manos vacías y Jaci se fue directa a un banco y se dejó caer en él. Habían estado en más de diez tiendas y Ryan no la había dejado comprar ninguno de los vestidos que se había probado. Jaci había comenzado a irritarse.

Él se sentó a su lado.

–No me imaginaba que fueras un adicto a las compras, Ryan.

–Que conste que, normalmente, solo haría esto si me apuntaran con una pistola.

–Tú tienes la culpa. En la segunda tienda había un vestido muy adecuado, pero no me has dejado comprarlo.

–Lo detestabas. Ya te he dicho que me gustaría que llevaras algo con lo que te sientas sexy.

Harta de hablar de ropa, Jaci cambió de tema.

–¿Cuándo comenzó Starfish a funcionar y por qué?

–Neil tenía razón: no pude mantenerme alejado de la industria. Conseguí trabajo en un estudio cinematográfico y fui desempeñando diversos trabajos: productor, guionista e incluso director, sin sentirme a gusto en ninguno. Después de haber vuelto loco a todo el mundo, el dueño me aconsejó que montara mi propia empresa. Y eso fue lo que hice. Fue seis meses antes de que Ben muriera.

–Siento mucho lo de tu hermano, Ryan.

–Gracias.

–¿Por qué se estrellaron? ¿Qué pasó?

Él se encogió de hombros.

–Según el análisis toxicológico, Ben no estaba borracho ni drogado, al menos no esa noche. Tampoco tenía deseos de suicidarse, por lo que sabemos. Los testigos dijeron que no conducía deprisa. No había razón alguna para que el Porsche se saliera de la carretera y cayera por el acantilado.

–Lo siento –sus palabras le sonaron huecas a la propia Jaci–. ¿Y la mujer que murió con él? ¿La conocías?

–¿Kelly? Sí, la conocía –respondió él con dureza al tiempo que consultaba el reloj. Su expresión y su lenguaje corporal le indicaron que no iba a decir nada más–. Casi es la hora de comer. ¿Quieres que veamos alguna otra tienda? Si no encontramos nada, podemos comprar ese vestido negro que hemos visto en la segunda.

–Vamos a por él ahora –dijo ella mientras se levantaba.

Al alejarse del banco, vio a una joven que llevaba cuatro o cinco vestidos en una percha, con el brazo extendido por encima de la cabeza para que no tocaran el suelo. Al ver el primero de ellos, el corazón le dio un vuelco. Era largo, de color sandía, con un gran escote.

Sin dudarlo, se acercó a la mujer.

–Hola, perdone –señaló los vestidos–. Me encantan. ¿Los ha diseñado usted?

La joven asintió.

–Son un encargo de una de las tiendas de aquí.

Jaci tocó el plástico que cubría el vestido. Al volverse hacia Ryan, este sonrió.

–¿Qué te parece?

–Me parece que te encanta. Creo que vamos adonde va usted –añadió dirigiéndose a la joven al tiempo que agarraba los vestidos y se los echaba al hombro. Como era tan alto, quedaron a buena distancia de la acera. Puso la otra mano en la espalda de Jaci.

Ella negó con la cabeza.

–No me parece adecuado. Es demasiado sexy. Ni siquiera voy a poder ponerme sujetador…

–No lo necesitas –Ryan la tomó de la mano y tiró de ella–. Es la primera vez esta mañana que te veo emocionada con un vestido. Vamos a que te lo pruebes.

–El vestido negro es más adecuado.

–Es anodino. Ya estoy harto, Jaci. Acabemos de una vez.

Dicho así…

Seguía siendo el jefe, a pesar de los besos apasionados y de la mutua atracción que ambos trataban de pasar por alto sin conseguirlo.

Al final, solo ellos tres acudieron al ballet y, a pesar de que Ryan hizo todo lo posible por estar siempre entre Jaci y Leroy, ella sabía que no podría seguir así toda la noche, que llegaría un momento en que ella tendría que enfrentarse a Leroy sola.

El momento había llegado, pensó mientras veía a Ryan alejarse. Estaban en el descanso y Ryan fue al bar a por bebidas.

Jaci, mientras se mantenía lo más alejada posible de Leroy, trató de sonreír, pero una mujer chocó con ella e hizo que se tambaleara. Jaci apretó los dientes cuando sintió la mano húmeda de Leroy en el codo. Reprimió un escalofrío de asco al tiempo que se soltaba. Leroy le producía el efecto contrario de Ryan, pero se tenía que esforzar por ocultar sus reacciones ante ambos.

Con uno, porque había en juego cien millones de dólares; con el otro, porque no quería tener nada que ver con los hombres durante un tiempo, y coquetear con su jefe no era muy inteligente. No estaba dispuesta a poner en peligro su carrera por sexo del bueno, como estaba segura que sería. No era que ya lo conociera, pero, a juzgar por las dos veces que Ryan y ella se habían besado, estaba segura de que él tenía un doctorado en ese campo.

–He contratado a un investigador privado –dijo Leroy.

–¿Para qué?

–Para que indague en la vida de mis socios y empleados –le explicó Leroy–. Cuando me planteé hacer negocios con Jackson, hice que lo investigaran.

–Tu detective no encontraría nada que te disuadiera de trabajar con él –se apresuró a responder Jaci.

–Pareces muy segura.

–Ryan es un hombre íntegro. Dice lo que piensa y piensa lo que dice.

–Es raro que digas eso cuando solo hace unas semanas que lo conoces.

¿Adónde quería llegar? Jaci decidió que lo mejor era quedarse en silencio y mirar aquellos ojos de reptil.

–Así que dime, Jacqueline, ¿qué relación tienes con un hombre al que hace diecisiete días que conoces?

–Rompí con mi novio seis semanas antes de conocer a Ryan, y a veces el amor surge de forma inesperada –Jaci sonrió con frialdad–. Deberías contratar a gente más experta, porque la habilidad de tu investigador es escasa. Hace más de doce años que conozco a Ryan. Fue a la universidad con mi hermano y estuvo invitado en casa de mis padres.

Había llegado el momento de olvidarse de los buenos modales. Lanzó a Leroy una mirada penetrante.

–¿Por qué te intereso? Hay cientos de mujeres

hermosas, interesantes y sin compromiso con las que puedes flirtear.

–Que me intereses molesta a Ryan y le hace bajar la guardia. Pero te encuentro atractiva, y conseguir separarte de él sería una ventaja añadida. Me gusta ser quien controla las relaciones, sean de negocios o personales.

–Ryan no se deja controlar.

–Lo hará, si quiere mi dinero –Leroy sonrió con la malicia de una serpiente. Con el índice recorrió el hombro y la parte interna del brazo a Jaci–. Todo el mundo tiene un precio.

–Yo no; y Ryan tampoco.

–Todo el mundo. Lo que pasa es que todavía no sabes cuál es, y yo tampoco.

La resolución que ella vio en sus ojos la hizo pensar que hablaba muy en serio.

–Esta conversación se está volviendo demasiado intensa –añadió él–. Me despiertas la curiosidad. Eres muy distinta de las mujeres con las que normalmente me relaciono.

–¿Porque no soy rica ni me he hecho la cirugía estética ni estoy loca?

Él rio.

–Puede que al principio fuera por eso. Pero me fascinas porque fascinas a Ryan, y quiero saber por qué.

¿Qué le pasaba a aquel tipo que necesitaba sentirse superior a Ryan? ¿No se daba cuenta de que pocos podían competir con él? Ryan era un líder natural, muy masculino, y uno de sus rasgos más atractivos era que le daba igual lo que los demás pensaran de él. Leroy no conseguiría controlarlo. ¿Cómo no se daba cuenta?

Ryan volvió con las bebidas.

–¿Todo bien?

Jaci agarró la copa de vino que había pedido y lo miró con expresión confusa e inquieta.

–Muy bien –respondió Leroy.

Ryan no le hizo caso y siguió mirando a Jaci.

–¿Jaci?

Ella asintió. Ryan dio a Leroy su vaso y le puso a Jaci la mano en la espalda.

–Tenemos que volver a nuestros asientos.

Mientras volvían, Jaci pensó que tenían que controlar la situación y que, en aquel momento, ella era el único peón en el tablero. Si se apartaba, Ryan y Leroy no tendrían nada por lo que pelearse. Pero ¿y si elevaban la apuesta y le demostraban a Leroy que ella era terreno prohibido? Como novia de Ryan, podía haber dudas.

Sin darse tiempo a reflexionar sobre si lo que se le acababa de ocurrir era o no una locura, tomó a Ryan de la mano y apoyó la cabeza en su hombro al tiempo que sonreía a Leroy con frialdad.

–Hay otra cosa que tu investigador no ha descubierto, Leroy.

–¿Qué investigador? –preguntó Ryan.

Jaci no le hizo caso y siguió mirando a Leroy.

–¿El qué?

«Allá voy», pensó ella.

–No sabe que Ryan y yo estamos muy enamorados y que hemos hablado de casarnos –miró a Ryan con picardía–. Espero que nos comprometamos muy pronto. Me muero de ganas de llevar su anillo.

Dos horas y dos tibias enhorabuenas de Leroy después, Ryan seguía perplejo por el sorprendente anuncio de Jaci. ¿Reflexionaba alguna vez antes de hablar?

Al salir a la calle, Ryan vio a un tipo que se les acercaba con una máquina de fotos en la mano. Lanzó un gemido al reconocer a Jet Simons, uno de los periodistas más desagradables de la prensa amarilla. Lo sabía porque aquel hombre lo había estado acosando durante un mes, después de la muerte de Ben. Había sido testigo de su pesar, y Ryan había rogado todos los días que no se diera cuenta de su ira hacia Ben y su dolor porque su hermano y Kelly lo habían traicionado. No quería que se diera cuenta de los solo y aislado que se sentía.

Agarró a Jaci de la mano con la esperanza de alejarse del periodista antes de que los acribillara a preguntas.

–Leroy Banks y Jax Jackson –dijo Simons al tiempo que se acercaba y les hacía una foto–. ¿Cómo estáis, chicos?

–Fuera de mi vista o te meto la cámara por un sitio que te va a doler –bramó Ryan.

Simons les siguió sacando fotos. Ryan iba a cumplir su amenaza cuando el periodista bajó la cámara y lanzó a Jaci una apreciativa mirada de arriba abajo. Ryan tuvo que recordar que ella no era su novia de verdad y que no tenía derecho a sentirse posesivo.

–Así que usted es Jaci Brookes-Lyon –dijo Simons–. No es el tipo de mujer habitual de Jax, se lo aseguro.

Ryan apretó la mano de Jaci para recordarle que no debía responder.

–¿Cómo está, señor Banks? ¿Qué le parece el bombón que acompaña a Jax? ¿Cree que le durará las seis semanas de rigor o cree que alguna más?

Ryan observó que Leroy sonreía y supo que iba a decírselo. Buscó desesperadamente en su cerebro algo que les permitiera cambiar de tema, pero Leroy se le adelantó.

–Están hablando de casarse, así que supongo que le durará alguna más.

Ryan soltó un juramento y negó con la cabeza al darse cuenta de que su estallido había añadido autenticidad a las palabras de Leroy.

–Entonces, ¿están prometidos? –preguntó Simons con la curiosidad reflejada en el rostro.

–Mire, no es exactamente… –Jaci intentó explicárselo, pero Ryan le apretó la mano para que se callara. Después, lanzó una dura mirada al periodista.

–Fuera de mi vista.

Simons debió de darse cuenta de que Ryan estaba a punto de estallar, porque retrocedió y levantó las manos en señal de sumisión. Cuando se hubo aleja-do, Ryan se volvió hacia Leroy para demostrarle lo enfadado que estaba con él.

–No sé a qué estás jugando, pero deja de hacerlo ahora mismo.

Leroy se encogió de hombros.

–Soy quien te va a financiar la película, así que no me hables en ese tono.

–Todavía no he visto un centavo, por lo que no puedes exigirme nada –respondió Ryan con fría có-lera–. Y aunque lleguemos a hacer negocios juntos, seguirá siendo mi película. Nunca tendrás la última palabra. Así que piénsatelo y vuelve cuando lo hayas aceptado.

Banks se sonrojó y Ryan añadió:

–Y deja en paz a mi novia de una vez.

–Ryan… –Jaci trató de hablar mientras él tiraba de ella hacia un taxi que estaba aparcado detrás de la limusina de Leroy.

La empujó dentro y, cuando se hubo sentado, la fulminó con la mirada. ¡Todo había sido culpa suya! ¿Cómo le había dicho a Leroy que estaban hablando de casarse? ¿Y cómo podía él estar tan enfadado y, al mismo tiempo, continuar queriendo quitarle la ropa a tirones? ¿Cómo podía desear besarla y estrangular-la a la vez?

–No digas ni una palabra –le ordenó antes de su-birse al coche y cerrar dando un portazo.

–Ryan, tienes que entender que…

No la hizo caso.

–¿Qué parte de «no digas ni una palabra» no has entendido? –le preguntó después de dar la dirección al taxista.

–Comprendo que estés enfadado…

Ryan estaba a punto de perder los estribos. Había pasado la adolescencia con un padre a quien su hijo no le importaba nada y al que solo prestaba atención para recriminarlo. Él había aprendido a no manifestar sus emociones, a no perder el control, pero esa noche estaba a punto de hacerlo.

¿Prometido? ¿Él? ¿El hombre que, gracias a Kelly y su hermano, no salía con una mujer más de mes y medio? ¿Quién se lo iba a creer? E iba a casarse con Jaci, que no era su tipo, sobre todo porque no estaba deseosa de complacerlo como las mujeres con las que solía salir. Ni siquiera se había acostado con ella, ¿y ya estaban a punto de casarse?

–Te debo una explicación. Leroy…

Era evidente que no iba a quedarse callada, por lo que decidió hacerla callar de la única forma que sabía. Se inclinó y pegó su boca a la de ella. Oyó vagamente su grito de sorpresa y aprovechó que tenía la boca abierta para introducirle la lengua.

Volvió a perder el mundo de vista mientras su lengua se deslizaba por la de ella. Sabía a menta y a champán. Lo envolvió su perfume mientras sus manos se aferraban a las caderas femeninas. Después las deslizó hacia arriba hasta llegar a sus senos. Quería sostenerlos en las manos y sentir cómo se le endurecían los pezones, pero no estaba dispuesto a montar un espectáculo para el taxista. Podía esperar. Tenía que retrasar la gratificación, a pesar de que no le gustara.

La deseaba. La deseaba toda entera.

Jaci lo devolvió a la realidad separándose de él y trasladándose al extremo del asiento.

–¿Qué haces?

–Besarte.

–¿Me dices que me calle y me besas? ¿Estás loco?

–No querías callarte.

–No has dejado que me explique.

–Vale, me muero de ganas de saber lo que vas a decirme. ¿Por qué te has inventado ese cuento? ¿Tan desesperada estás por demostrarle al mundo que hay alguien que desea casarse contigo? No quiero estar prometido. Con lo que me ha costado aceptar tener una falsa novia, ¿ahora tengo que aceptar a una falsa prometida? ¿Y que seas tú, ni más ni menos?

De no haber sido testigo, Ryan no hubiera creído que los oscuros ojos de ella pudieran encenderse como carbones. Se dio cuenta de que, además de ira y orgullo, expresaban dolor, y reconoció que había ido demasiado lejos. Intentó decir algo, pero ella se puso a mirar por la ventanilla.

¡Por Dios! Su vida era su trabajo, y ella lo estaba poniendo en peligro. Necesitaba esos cien millones. Y cuando ya tenía un inversor, lo iba a perder por aquella mujer que hablaba sin pensar. Y lo destrozaba saber que si ella daba a entender que quería acostarse con él, si lo besaba, él caería rendido a sus pies.

Pensó que necesitaba separarse de ella antes de cometer una estupidez, extendió la mano y abrió la puerta del lado de ella. Jaci parecía tan deseosa de alejarse de él como él de ella, por lo que desmontó rápidamente, dejándole ver una larga pierna y la liga que le sostenía la media.

Mientras la veía dirigirse al portal, Ryan se golpeó la cabeza contra el asiento. Jaci intentaba aniquilarlo mental y sexualmente.

Fue la única explicación que se le ocurrió.

Capítulo Seis

Jaci, temblando de furia, entró en el vestíbulo del edificio donde vivía Ryan y sobresaltó al portero, que dormitaba. Este se puso de pie.

–¿Qué desea?

–Dígale, por favor, a Ryan Jackson que Jaci Brookes-Lyon quiere verle.

–Es muy tarde, señorita. ¿La está esperando?

–Llámelo, por favor.

El portero descolgó el teléfono y marcó una extensión. Ryan estuvo de acuerdo en recibirla y el portero le indicó que subiera al último piso.

–¿Qué letra? –preguntó al tiempo que deseaba haberse quitado el vestido que había llevado al ballet antes de salir de su piso para ir al de Ryan.

–No hay puerta. Toda la planta es del señor Jackson. Es el ático, señorita. El portero marcó un código y le indicó que entrara.

–El ascensor da directamente al piso. Buenas noches, señorita.

Las palabras del portero se perdieron mientras las puertas del ascensor se cerraban. Jaci estaba subiendo a su piso para lamerse las heridas cuando, de pronto, tuvo un ataque de ira. ¿Cómo se atrevía Ryan

70

a tratarla como si fuera una piedra en la suela de su zapato? Se había negado a dejarla hablar y a explicarse y se había comportado como si ella fuera una muñeca sin cerebro que debiera estarle agradecida por dejarla estar en su presencia. Además, había sido un estúpido al desafiar a Leroy de aquella manera. Probablemente hubiera diezmado las posibilidades de que Leroy le diera el dinero para la película. ¡Y la acusaba a ella de actuar sin reflexionar!

Había vuelto a bajar la escalera, se había subido a un taxi y se había dirigido al piso de Ryan hirviendo de cólera.

No estaba dispuesta a consentir que *Blown Away* no se rodara. El guion era bueno y pensaba demostrárselo al mundo entero.

A pesar de lo inteligente que Ryan era, a veces se comportaba como un estúpido. Y estaba dispuesta a decírselo. Le daba igual que fuera su jefe, su falso novio y su falso prometido. Había mucho en juego: la película, su carrera y su orgullo.

Las puertas del ascensor se abrieron y vio que se hallaba en el salón de Ryan. Este estaba frente a la chimenea. A pesar de su ira, Jaci sintió su poderosa atracción. Llevaba los dos botones superiores de la camisa desabotonados y la pajarita le colgaba del cuello. Ella sintió el deseo de ponerle las manos en el pecho, bajo la camisa, y sentir su cálida piel.

Pero no había ido allí a acostarse con él, a pesar de que era lo que quería.

–¿Qué deseas, Jaci? –preguntó él.

«A ti. Te deseo a ti».

Trató de apartar ese pensamiento de su cabeza y se humedeció los labios con la lengua.

–¿Quieres dejar de hace eso? –le exigió Ryan con voz dura.

–¿El qué? –preguntó ella mientras él se le acercaba con la vista clavada en su boca.

–Lamerte los labios y mordértelos. De eso me encargo yo.

La agarró de los brazos e hizo que se pusiera de puntillas. Ella se excitó cuando sus senos chocaron contra el pecho masculino al tiempo que él pegaba la boca a la de ella. Los besos que se habían dado antes fueron una pálida imitación de la pasión que degustó cuando la lengua masculina se introdujo en su boca, a la vez que él le acariciaba la espalda.

En un pequeño rincón del cerebro, el único cuyas neuronas aún funcionaban por no hallarse abrumadas por aquel beso apasionado, Jaci se quedó maravillada de que Ryan la deseara de aquel modo.

Parecía que besarla y acariciarla fuera más importante para él que respirar. Ella le rodeó el cuello con las manos y sintió su calor y su fuerza. Él le puso la mano en un seno y le acarició le pezón, y eso, unido a la barra de acero que la presionaba el estómago, hizo que las últimas neuronas de Jaci dejaran de funcionar.

Ryan echó la cabeza hacia atrás y la miró a los ojos.

–Así que estamos prometidos, ¿no?

–Probablemente. Al menos lo estaremos a ojos del mundo cuando se extienda la noticia.

–Pues, en ese caso… –Ryan dobló las rodillas y le acarició la parte trasera de los muslos por debajo del vestido– es una excusa estupenda para hacer esto.

Jaci contuvo la respiración cuando él jugueteó con la ligas y llegó a las nalgas.

–Ligas y tanga. He muerto y estoy en el cielo –murmuró él mientras le metía los dedos por debajo del fino tirante.

La besó en el punto en que la mandíbula y el cuello se unen, y ella gimió de placer.

–¿Crees que es buena idea, Ryan?

Él la miró con el ceño fruncido.

–¿Quién sabe? Deja de jugar con mi cabello y ponme las manos ahí. Me estoy muriendo de ganas.

Jaci obedeció y le puso la mano en el sexo. Él gimió. Ella quería más: tenerlo dentro, que la llenara… Pero debía ser sensata.

–¿Solo quieres sexo? –le preguntó mientras le bajaba la cremallera y los calzoncillos. Y allí estaba: caliente, duro y latiendo.

Y él le puso la mano entre las piernas y encontró ese punto mágico y especial que la volvía loca.

–Sí, solo una noche, para quitárnoslo de la cabeza. ¿Te parece bien? Solo una noche, sin vínculos y sin expectativas.

¿Qué iba a pensar ella cuando le estaba introduciendo los dedos? Ella le acarició con el pulgar la punta del sexo y le encantó el gemido que él soltó.

Seguían completamente vestidos, pero ella estaba a punto de alcanzar el clímax.

–Tendría que estar peleándome contigo –gimió.

A modo de respuesta, Ryan la besó en la boca.

–Podemos pelearnos después. Entonces, ¿estás de acuerdo? Si no, ahora es el momento de decirlo.

Ella debería negarse, pero fue incapaz de hacerlo, así que cerró la mano en torno a su sexo y lo acarició lentamente de arriba abajo. Ryan le rasgó el tanga, que le cayó sobre el pie derecho. Después le levantó el vestido mientras la empujaba hacia la pared.

«Esta no soy yo», pensó Jaci. No tenía sexo contra una pared, no gritaba, suspiraba y gemía ni hacía que sus amantes gritaran, gimieran y maldijeran.

Pero, a no ser que estuviera alucinando, era lo que estaba haciendo en aquel preciso momento.

–Sería mucho más fácil si nos desnudáramos –sugirió, con la espalda apoyada en la pared. Se inclinó y le bajó los pantalones y los calzoncillos.

–Tardaríamos mucho –dijo él agarrándola por las nalgas y levantándola. Con absoluta precisión halló el punto de entrada mientras ella lanzaba un gemido de placer.

–No puedo esperar más. Pero ¡por Dios, necesitamos un condón!

–Tomo la píldora y me han hecho todo tipo de pruebas de enfermedades de transmisión sexual.

–Yo también estoy limpio –afirmó él con voz ahogada.

–Te necesito ya. No hablemos ni nos peleemos

más, solo tú y yo –Jaci elevó las caderas y él la penetró llenándola y completándola.

Ryan buscó su boca e imitó con la lengua los movimientos de sus caderas, deslizándose hacia dentro y hacia fuera. Ella le levantó la camisa y le acarició el pecho, las costillas y la espalda, y le clavó las uñas en las nalgas cuando él la penetró más profundamente. Ambos gritaron y, de pronto, ella se vio arrastrada por una ola ardiente y llegó la mágica explosión.

Se sintió poderosa, desinhibida y salvaje. Cuando volvió a la realidad, a la pared y al rostro de Ryan oculto en su cuello, sus anchas manos la seguían sosteniendo por los muslos.

Jaci le lamió el cuello.

–Llévame a la cama, Ryan. Ya nos pelearemos después.

–Desde luego que lo haremos –susurró él mientras salía de ella, que volvió a poner los pies en el suelo.

Ryan se quitó los calzoncillos a patadas, la tomó en brazos y la llevó al dormitorio.

–Pero ya no puedo esperar más para verte desnuda.

Jaci echó hacia atrás el edredón y se levantó de la cama mirándose el cuerpo desnudo. Vio montón de ropa al lado de la cama. Después vio que sobre la almohada había una camiseta y unos boxers. Se los debía de haber dejado allí para que se los pusiera.

La camiseta le estaba enorme, le llegaba a medio muslo, por lo que ni siquiera necesitaba ponerse ropa interior. Pero decidió ponerse los boxers y enrolló la cinturilla varias veces hasta estar segura de que no se le caerían.

–Buenos días.

Jaci se giró, sobresaltada, y vio a Ryan, despeinado y sin afeitar, en la puerta, vestido únicamente con unos vaqueros descoloridos. Estaba tan acostumbrada a verlo impecablemente vestido que al contemplarlo con aquel aspecto de vaquero comenzó a morderse los labios, pero se detuvo bruscamente.

–Hola –murmuró.

Había besado aquellos músculos abdominales duros como piedras, acariciado aquellos muslos y mordisqueado aquellos bíceps. Y lo volvería a hacer en ese momento, si él diera alguna señal de desearlo.

–¿Quieres café?

–Sí –se acercó a él para agarrar la taza que le tendía, con cuidado de no tocarlo. Tomó un sorbo de café y lo miró a los ojos. Estaba muy serio, y ella se dio cuenta enseguida que los juegos se habían acabado–. Supongo que quieres hablar.

–Me parece buena idea, ya que seguro que ahora somos la noticia principal del mundo del espectáculo– Ryan se separó del marco de la puerta y enfiló el pasillo.

Ella lo siguió, intentando no mirarle las prietas y masculinas nalgas, pero sin conseguirlo.

–Tengo millones de mensajes en el móvil, de periodistas y amigos que me preguntan si es verdad –dijo él cruzando el salón y dirigiéndose a la cocina, donde agarró la cafetera y volvió a llenar una taza que se hallaba en la encimera.

Jaci dio un sorbo a la suya.

–¿Qué quieres hacer? ¿Confirmarlo o negarlo? –preguntó ella.

Él se apoyó en la encimera.

–Eso depende de tu explicación sobre semejante afirmación.

Jaci se sentó en un taburete y dejó la taza en la encimera.

–Traté de explicártelo anoche.

–Anoche solo había una cosa que quería de ti, y no era una explicación. Te escucho.

–Leroy ha contratado a un investigador privado para investigarnos a los dos. Este le contó que había roto con mi novio recientemente, por lo que Leroy se preguntaba cómo había iniciado una relación contigo tan pronto.

–Supongo que tenías buenos motivos para dejar al político.

–¿No te has informado sobre mí? –preguntó ella, sorprendida.

–Espero a oír tu versión –respondió él–. Sigue explicándome cómo nos comprometimos.

–Le pregunté a Leroy por qué yo. No tiene sentido. No soy especial. Me contestó que no importaba por qué me había elegido, que lo fundamental era que siempre conseguía lo que quería y que me estaba utilizando para manipularte. Creo que hay que sacarme de ese juego, que tengo que dejar de ser un peón, y eso solo sucederá si rompemos o si Leroy cree que nuestra relación es más seria de lo que pensaba. Así que se me ocurrió que si le decía que estábamos pensando en casarnos, pensando en hacerlo, no que estuviéramos prometidos, él se echaría atrás.

Ryan negó con la cabeza.

—El matrimonio y la fidelidad carecen de significado para él. Está casado con una mujer encantadora a la que trata como a un trapo. Al decirle que nuestra relación era muy seria, te has limitado a proporcionarle más munición para atacarme. Has vertido sangre en el agua y los tiburones vendrán a investigar.

—¿Te refieres a la prensa?

—Sí. Trato de pasar desapercibido por buenos motivos, y, desde que hemos vuelto a encontrarnos, he aparecido más veces en la prensa que en los últimos años. Fue implacable cuando Ben murió. Y lo único que me falta ahora es tener que enfrentarme a ella mientras me enfrento a Banks.

—Anoche lo humillaste. ¿No te preocupan las consecuencias?

Ryan se encogió de hombros.

—Esperemos a ver qué pasa.

—¿Que esperemos? Se trata de mi carrera, de mi gran oportunidad. Tal ves tú puedas permitirte que este proyecto no salga adelante, pero yo no. Necesito que la película se produzca y triunfe para ser reconocida como guionista competente.

–¡Ya lo sé! Yo tampoco quiero que el proyecto fracase. Perdería millones de mi propio dinero, millones que ya he invertido en el desarrollo de la película.

–En qué lío nos hemos metido –dijo ella en voz baja–. No debería haberte besado. Fue un gesto impulsivo que ha tenido consecuencias tremendas.

Ryan la miró durante varios segundos antes de contestar.

–No te tortures. Yo también tengo la culpa. Fui yo quien te besó la segunda vez y, además, le dije a Leroy que eras mi novia.

–De acuerdo, te dejo que cargues tú con la mayor parte de la culpa.

–Con parte de ella. A mí no se me ha ocurrido la estúpida idea de decir que estábamos pensando en casarnos –Ryan negó con la cabeza cuando ella fue a contestarle–. Ya basta de discutir. Quiero comer algo.

Abrió la nevera y miro en su interior.

–Te equivocas –añadió.

–Como últimamente me he equivocado muchas veces, tendrás que ser más específico –apuntó ella.

–En lo de no ser especial –Ryan cerró la puerta de la nevera y se volvió lentamente con las manos vacías–. Eres un sueño de mujer.

–¿Cómo dices?

Ryan carraspeó y a ella le desconcertó que un hombre tan seguro de sí en los negocios y en la cama pudiera parecer tan inquieto.

—Banks tiene todo lo que el dinero puede comprar, pero desea lo que el dinero no compra: felicidad, normalidad y amor.

—Pero acabas de decir que tiene una esposa encantadora...

—Thea era una supermodelo, y Banks sabe que es demasiado buena para él –Ryan se cruzó de brazos–. Mira, vamos a dejarlo.

—No. ¿Quieres decir que soy más adecuada para Banks que su bella y dulce esposa?

–¡No, por Dios! –parecía horrorizado–. Pero sabe que eres distinta de las mujeres a las que trata.

Ah, diferente. En la experiencia de Jaci, eso significaba inferior.

—Estupendo –afirmó en tono seco.

—Tú eres real.

–¿Real?

—Sí, a pesar de tu aristocrática familia, tienes los pies en el suelo. No eres una cazafortunas ni una prostituta ni una diva. Eres totalmente normal.

–¿Y «normal» está más arriba o más abajo que «real» en la escala de la atracción?

Ryan soltó una palabrota.

—Parece que no quieres entenderme. Intento explicarte por qué tu franqueza, tu falta de mala uva y tu autenticidad resultan tan atractivas.

—Ah, entonces, ¿te resulto atractiva?

Ryan respiró hondo.

—No, claro que no. Anoche te hice el amor porque me pareces horrible.

Jaci sintió que le ardían las mejillas. Vio que él abría y cerraba los puños como si se estuviera conteniendo para no tocarla. Y vio el deseo en sus ojos.

Ryan no había tenido bastante ni ella tampoco. Solo otra vez, se dijo ella. Podía hacerse el regalo de tener, abrazar y sentir a Ryan de nuevo. Él la deseaba; ella lo deseaba: ¿dónde estaba el problema?

Se levantó.

—Una vez más —murmuró mientras ponía la mano en el cuello de Ryan y lo atraía hacia sí para besarlo en la boca.

—¿Tú crees que será suficiente? —susurró él con los labios casi rozando los de ella.

—Tendrá que serlo. Cállate y bésame.

Ryan sonrió junto a su boca.

—Con tal de que no estemos casados cuando nos separemos para respirar…

—Muy gracioso —dijo ella antes de que Ryan tomara posesión de su boca.

Y ya no hicieron falta más palabras.

Capítulo Siete

Cuatro días después, Jaci, Thom y Ryan se hallaban en el despacho de este hablando de los cambios
de guion que querían efectuar Thom y él. Desde la
mañana en que se había marchado del piso de Ryan,
Jaci no lo había vuelto a ver. Él no la había llamado
ni mandado un mensaje.

Y así debía ser, se dijo. Lo que habían compartido no era más que sexo. Se habían deseado mutua-
mente, y eso era todo.

Entonces, ¿por qué quería preguntarle por qué
tenía aquella expresión sombría?, ¿por qué deseaba
sentarse en su regazo, apoyar la cabeza en su hombro
y decirle que todo saldría bien? Se le veía enormemente estresado, todo por culpa de ella.

Había puesto en peligro la relación de Ryan con
Leroy, su inversor. Lo sorprendente era que todavía
siguieran hablando de cambios de guion y que no la
hubiera puesto de patitas en la calle.

–¿Sabes algo de Banks? –preguntó ella.

Ryan se sobresaltó ante el repentino cambio de
tema. Miró a Thom y este se levantó.

–Explícaselo después –le dijo a Ryan mientras se
dirigía a la puerta.

Jaci enarcó las cejas.

–¿Explicarme qué?

–Nos han invitado a una cena en un yate de lujo esta noche. La invitación procede de la oficina de Banks. Parece que Leroy se acaba de comprar un yate y esta noche será la primera vez que se haga a la mar.

Jaci se levantó y se dirigió a la ventana al tiempo que se metía las manos en los bolsillos.

–Me gusta lo que llevas puesto.

Ella se miró los *leggins* marrones y la camiseta blanca.

–Debo de estar haciendo algo bien ya que, ayer, un hombre me dijo lo mismo en un café.

–Cariño, cualquier hombre se fijaría en tus estupendas piernas.

Ella vio el deseo reflejado en sus ojos. Deseó con todas sus fuerzas acercarse a él y besarlo hasta hacerle perder el sentido.

Aquello era una tortura.

–Me alegro de que el furor sobre nuestro posible compromiso haya disminuido –dijo ella al tiempo que trataba de dejar de recordar lo fantástico que estaba Ryan desnudo.

–Se lo debemos a mi encargado de relaciones públicas. En la prensa de esta mañana se dice que nos seguimos viendo, pero se habla de matrimonio a muy largo plazo.

Jaci se sintió abatida, aunque se dijo que no tenía motivo alguno para estarlo. No buscaba una relación. Ya había estado prometida y había hablado incesantemente de matrimonio. Y lo único que había sacado de todo ello había sido dolor y humillación.

–En cuanto al silencio de Leroy –prosiguió Ryan– ya sabes que el que no haya noticias ya es una buena noticia.

–¿No deberías llamarlo o hacer algo?

–Es un juego, Jaci. ¿No te gusta cómo estoy jugando?

–¡No conozco las malditas reglas! –exclamó ella–. Y es también mi futuro lo que está en juego.

Ryan frunció el ceño ante su estallido.

–No es el fin del mundo. ¿No tenéis tus hermanos y tú un enorme fondo fiduciario a vuestra disposición? No te vas a quedar en la calle si la película no se lleva a cabo. Escribirás otros guiones y tendrás otras oportunidades.

–Este guion significa para mí algo más que meter un pie en la industria. Se trata de algo más que mi carrera o mi futuro. Es un símbolo, una bifurcación en el camino. El hecho de que compraras mi guion y me ofrecieras trabajar en *Blown Away* es más que una oportunidad profesional. Ha sido el catalizador que me ha impulsado hacia una nueva vida –Jaci señaló sus notas sobre el escritorio–. Todo eso es mío: mi esfuerzo, mis palabras, mi guion. Lo hice sin que lo supieran mis padres y sin que echaran mano de sus contactos. Es la línea divisoria entre lo que era y lo que soy. ¡Vaya, me parece que no me estoy explicando muy bien!

–Sigue hablando, Jaci.

–Yo era la hija de los Brookes-Lyon que iba de un trabajo a otro, que jugaba a escribir, tal vez para atraer la atención de su madre. Después me convertí en la prometida de Clive y en objeto de atención por parte de la prensa. Tuve que hacerme fuerte deprisa, ya que no hubiera sobrevivido de otro modo. Cuando me fui de Londres, juré que no volvería a intentar pasar desapercibida.

–Sí, eso era lo que hacías de niña. Tu familia dominaba la habitación, la conversación, pero tú no contribuías en absoluto –Ryan sonrió–. Ahora no paras de hablar.

–¡Porque soy distinta en Nueva York! Me siento mejor aquí, más contenta y más luchadora.

–Me gusta eso de luchadora –apuntó él mirándola largamente con deseo.

–No quiero volver atrás. Si pierdo esta oportunidad…

Él frunció el ceño y se inclinó hacia delante.

–Lo que haces no es lo que eres, Jaci. Puedes seguir siendo luchadora aunque no tengas trabajo.

Ella no lo creía. Necesitaba triunfar. Quería dejar de rozar la superficie de la vida y vivir, sentirse y ser una nueva Jaci.

–Ten confianza. Todo se arreglará –añadió él.

Pero ¿y si no era así? No sabía si podría reinventarse de nuevo. Observó que Ryan agarraba un documento y comenzaba a leerlo. Era hora de volver a trabajar, por lo que ella se dirigió a la puerta.

Sonó el teléfono y Ryan alzó un dedo para indicarle que se detuviera.

–Todavía tenemos que hablar de la cena de esta noche en el yate.

–Hola, Jax –la voz de la secretaria de Ryan se escuchó por el altavoz del teléfono–. La madre de Jaci quiere hablar con ella.

–Muy bien, pásamela.

Jaci se llevó la mano al cuello y fingió que se lo cortaba. Su madre era la última persona con la que deseaba hablar. Aún no había dicho a su familia que trabajaba de guionista y que era la falsa novia de Ryan.

–Buenos días, Priscilla.

Jaci lo fulminó con la mirada, le quitó el bolígrafo que tenía en la mano y escribió en un papel que dijera que no estaba, subrayando el «no» tres veces.

–Ryan, querido. ¿Cómo estás? Hace tanto que no nos vemos… Espero que vayas a la boda de Neil el fin de semana que viene.

Jaci se dio una palmada en la frente y ahogó un grito. Se había olvidado por completo de la boda de Neil. ¿Era el fin de semana siguiente? ¡Por Dios!

Mientras tanto, Ryan le decía a su madre que Jaci acababa de salir del despacho. Después se puso a hablarle de sus deberes como padrino de la boda al tiempo que agarraba a Jaci por la cintura y se la sentaba en un muslo. Ella lo miró, sobresaltada. Estar tan cerca de él era tan tentador…

Estar en la misma habitación que él ya era tentador. Cerró los ojos mientras la mano masculina le ascendía por la espalda hasta llegarle al cuello. Con la otra, agarró un bolígrafo y escribió algo en un bloc con la mano izquierda.

«¿Por qué no quieres hablar con tu madre?».

–Sí, ya tengo el traje. Neil me ha dicho muchas veces que no quiere una despedida de soltero.

Jaci agarró otro bolígrafo y respondió: «Porque no sabe lo que estoy haciendo en Nueva York y que estamos… ya sabes».

«¿Por qué no lo sabe? ¿Y qué es lo que no sabe?».

«Que hemos dormido juntos y que somos una falsa pareja. No se toma mi trabajo…».

Jaci dejó de escribir. Él golpeó el papel con el bolígrafo para ordenarla en silencio que acabara la frase. Ella le sonrió y se encogió de hombros para indicarle que daba igual. Él la fulminó con la mirada.

–De todos modos, ¿qué es esa tontería que he leído en la prensa sobre Jaci y tú?

Su madre estaba disgustada.

–¿Qué has leído? –preguntó él mientras con la mano trazaba círculos relajantes en la espalda de Jaci.

–Tengo una lista de cosas. En primer lugar, ¿trabaja de guionista para ti?

–Sí.

–¿Y le pagas? –preguntó Priscilla en tono de asombro.

–Claro. Es una escritora de talento. Supongo que lo ha heredado de ti.

«Gracias», escribió Jaci mientras su madre se embarcaba en monólogo sobre su último libro. Jaci dio un salto al sentir la mano masculina en la piel, por debajo de la camiseta.

«¡Concéntrate!», escribió.

«Puedo hacer dos cosas a la vez. ¡Qué piel tan suave tienes!».

«¡No vamos a volver a hacerlo!».

«Y hueles muy bien».

—Me estoy desviando del tema. ¿Os habéis prometido Jaci y tú? –preguntó Priscilla.

—No.

—Muy bien, porque después de aquel desgraciado con el que estuvo prometida, necesita un tiempo para recuperarse. Jaci era demasiado buena para él.

Jaci apartó la vista de Ryan y miró el teléfono. ¿En serio? ¿Y por qué no se lo había dicho a ella su madre?

—El asunto con la señorita brasileña fue muy desagradable y estúpido. ¿Creía de verdad que no se descubriría?

«¿Una señorita brasileña?».

«A mi ex le iba el sadomasoquismo».

—¡Vaya! –murmuró Ryan mientras miraba el rostro compungido de Jaci.

—Espero que mi hija se hiciera pruebas después de aquello. No he podido preguntárselo, no tenemos esa clase de relación. Y es culpa mía.

Jaci se quedó asombrada. ¿Su madre quería que hubiera entre ellas un mayor grado de intimidad?

–¿Y qué pasa entre vosotros? ¿Salís juntos? ¿Vais en serio? ¿Os acostáis?

Jaci abrió la boca para decirle que no era asunto suyo, pero Ryan se la tapó a tiempo. Ella lo fulminó con la mirada.

–Es complicado, Priscilla. Tengo entre manos un negocio y necesito una novia para que salga bien. Todo es fingido –Ryan seguía tapando la boca a Jaci.

–Pues estoy viendo una fotografía vuestra y no me parece que estéis fingiendo.

Ryan le quitó la mano de la boca.

–Parece que se nos da bien actuar.

–Bueno, espero que resolváis este asunto lo antes posible. No es que me importe que Jaci y tú estuvierais juntos. Siempre me has caído bien.

–Gracias –contestó él–. Lo mismo digo.

«¡Cómo le haces la pelota!», escribió Jaci. Ahogó un grito cuando él la atrajo hacia el pecho. Sintió su erección en la cadera y no pudo evitar apoyar la cabeza en su hombro y aspirar su olor.

–Tengo que colgar. Cuida de mi niña, Ryan.

Ryan estrechó a Jaci en sus brazos, y ella suspiró.

–Lo haré, Priscilla.

–Adiós, Ryan. Adiós, Jaci, cariño.

–Adiós, mamá –dijo distraídamente Jaci mientras le desabotonaba la camisa a Ryan. Después se dio cuenta de lo que había dicho y miró a Ryan, horrorizada.

Ryan se echó a reír.

Capítulo Ocho

Esa noche, Leroy, muy ocupado en enseñar orgullosamente su increíble yate, no les hizo caso, cosa que alegró mucho a Ryan. Jaci y él se quedaron en la popa de la embarcación, donde había menos gente y vieron ponerse el sol.

El crepúsculo era un momento mágico, pensó Ryan apoyándose en la barandilla con una botella de cerveza en la mano. Miró a Jaci, que estaba a su lado. Llevaba un precioso vestido de tonos verdes que estaba deseando quitarle. Por las noches, se consumía pensando y soñando, despierto y dormido, con ella. Seguía deseándola. Nunca había deseado a nadie así.

Se frotó la nuca mientras el yate se alejaba del puerto.

Esa mañana, en su despacho, había tenido que recurrir a toda su fuerza de voluntad para dejar que ella se levantara de su regazo y volviera al trabajo. Su multimillonario trato corría peligro, la carrera de Jaci estaba amenazada, y lo único en lo que pensaba era en cuándo podría llevársela a la cama.

A pesar de desearla tanto como seguir respirando, también quería volver a ser la persona sin problemas que había sido antes de que Jaci entrara de golpe en su vida. Pero ella despertaba en él sentimientos no deseados. Le hacía recordar cómo había sido su vida antes de la muerte de Ben. Por aquel entonces era feliz y estaba seguro de que todo estaba bien. Había aceptado que su padre era lo que era; su mejor amigo era su hermano; y se iba a casar con la mujer más hermosa del planeta. Comenzaba a paladear el éxito.

Y una noche, todo se esfumó. Sin previo aviso. Y aprendió que nada duraba eternamente.

Ryan volvió a mirar a Jaci.

—¿Así que látigos y cadenas? —era mucho más fácil hablar de los fracasos de ella que de los suyos.

Jaci lo miró durante unos segundos sin comprender. Cuando lo hizo, su rostro adoptó una expresión compungida.

—No estoy segura de las cadenas, pero sí le gustaban los látigos.

Ryan le puso la mano en la espalda. Ella trató de sonreír sin conseguirlo. Él le indicó con la cabeza un banco cercano y se dirigieron a él.

Se sentaron. Ryan dijo:

—Cuéntamelo.

—Me impresionó él, y supongo que la idea de que ese político en alza quisiera estar conmigo. Es carismático, encantador y muy inteligente.

—¿Lo amabas?

Jaci tardó en contestar.

—Amaba que me dijera que me amaba, que todos parecieran adorarle y, por extensión, me adoraran, incluyendo mi familia.

Ryan llevaba mucho tiempo sin relacionarse con la familia de Jaci, pero pensaba que, aunque individualmente eran estupendos, juntos eran una fuerza de la naturaleza y bastante insoportables.

–Mi familia lo adoraba –prosiguió ella–. Era tan inteligente y resuelto como ellos, y el índice de aprobación con respecto a mí se disparó cuando lo llevé a casa, y se elevó aún más cuando accedí a casarme con él.

Las cosas que hacemos para lograr la aprobación de los padres, pensó Ryan.

–Pero no era el príncipe azul que creías.

Jaci se encogió de hombros.

–Nos prometimos y la prensa se volvió loca. Él ya era uno de sus personajes favoritos antes de nuestro compromiso sensacionalista, pero, como también tenía cada vez más poder político, se convirtió en el centro de atención. Y lo vigilaban.

Ryan frunció el ceño.

–¿La prensa?

–Sí, y su obstinación tuvo éxito –afirmó ella con vergüenza y dolor–. Lo fotografiaron en un club hablando con una rubia brasileña y parecían muy acaramelados. Las fotos eran inadecuadas, pero podían tener una explicación.

Jaci se apartó el flequillo de los ojos y suspiró.

–Dos semanas después de su publicación, yo estaba en su piso esperando a que llegara. Había preparado una cena romántica. Él se retrasaba, por lo que decidí dedicarme a los preparativos de la boda mientras lo esperaba. Necesitaba ponerme en contacto con una banda para que tocara en el banquete y sabía que Clive tenía la dirección en su lista de contactos, por lo que abrí su correo electrónico.

Ryan, sabiendo lo que venía, soltó una maldición.

–Había dieciséis correos no leídos de una mujer, y cada uno tenía cuatro fotos adjuntas explícitas.

Ryan hizo una mueca.

–Sabía que aquello podía descubrirse, así que me enfrenté a Clive. Acordamos romper nuestra relación lo más discretamente posible. Antes de que pudiéramos hacerlo, se publicó que Clive veía a una *dominatrix*, y la bomba estalló.

–Uf.

–Por suerte, un mes después, un productor loco me propuso trabajar de guionista en Nueva York, y me aferré a esa oportunidad de huir del infierno,

–¿Y no dijiste a tu familia que tenías trabajo?

–No me hubieran hecho caso y, si me lo hubieran hecho, no me habrían tomado en serio. Creen que escribir es un juego para mí mientras encuentro lo que de verdad voy a hacer el resto de mi vida.

Ryan oyó los acordes de una balada que la banda tocaba en la cubierta superior y tiró de Jaci para levantarla y ponerse a bailar. Por fin estaba en sus brazos. Frotó la barbilla contra su cabello e inclinó la cabeza para situar la boca a la altura de su oído. Pensó en decirle lo mucho que sentía que la hubieran causado tanto dolor, pero se limitó a ponerle las manos en la espalda y atraerla hacia sí.

–Para ser unos intelectuales, tus familiares se comportan como unos idiotas con respecto a ti.

–Es lo más bonito que me has dicho en la vida.

Era evidente que iba a tener que esforzarse más, pensó él mientras la apretaba contra sí y seguían bailando.

Leroy no se había acercado a ellos en toda la noche, pensó Jaci mientras volvían de la fiesta en taxi. No sabía si eso era bueno o malo.

Lanzó un suspiro de frustración.

–El aspecto financiero de hacer una película me produce dolor de cabeza.

–Tengo dos semanas para decidir si voy a continuar con el proyecto –apuntó Ryan.

¿Solo dos semanas? ¿De dónde iba a sacar alguien tanto dinero en ese tiempo?

Era culpa de ella: si no lo hubiera besado en aquel vestíbulo, si no hubiera ido a aquella estúpida fiesta, si no se hubiera mudado a Nueva York… Ryan no se merecía todo aquello.

–Lo siento mucho. Es culpa mía.

Ryan no le respondió, por lo que su sentimiento de culpa se incrementó. Pensó en volver a disculparse, pero eso no iba a cambiar nada. El pasado no se podía reescribir.

Vio por el rabillo del ojo que él sacaba el móvil del bolsillo de la chaqueta y leía un mensaje. Ryan esbozó una sonrisa y, después, la miró.

–Tu hermano me regaña por haberme acostado contigo.

A Jaci se le contrajo el estómago.

–¿Cree que nos estamos acostando?

–Sí. Y si miras tu móvil, probablemente habrá un par de mensajes del resto de tu familia –le puso la mano en el muslo y ella contuvo la respiración–. Priscilla es una bocazas.

Jaci sacó el móvil y gimió al ver que había cinco llamadas perdidas y numerosos mensajes del grupo de chat de la familia.

Meredith: «Tienes que darme una explicación, bonita».

Priscilla: «¿Escritora de guiones? ¿Desde cuándo? ¿Por qué no me lo habías dicho?».

Ryan se acercó a ella y movió el teléfono para poder ver la pantalla.

Neil: «Ryan, esperaba que te tomaras un café con ella, no que tuvierais una aventura».

Meredith: «Hay que reconocer que cualquiera es mejor que aquel subnormal, pero creo que no debieras iniciar una relación tan pronto».

Archie: «¿Ryan? ¿Quién diablos es Ryan?».

Neil: «Mi amigo americano de la universidad, papá».

Jaci se frotó las sienes. Le dolía aún más la cabeza. Miró a Ryan y se encogió de hombros.

–¿Qué vas a decirles? –preguntó él.

–Lo mismo que le contaste a mi madre: que es una relación fingida que no va ningún sitio. La verdad –respondió ella al tiempo que volvía la cabeza para mirar por la ventanilla.

Él la tomó de la barbilla y la giró hacia sí. Ella ahogó un suspiro al contemplar sus preciosos ojos y agarró con fuerza el móvil para no meterle los dedos en el cabello y acariciarle el cuello y los hombros. Deseaba besarlo, sentarse en su regazo…

Ryan le miró la boca y le apretó la barbilla. Ella se dio cuenta de que se estaba conteniendo para no besarla. Nunca se había sentido tan deseada. Ningún hombre la había mirado como Ryan lo hacía en ese momento.

–Tu familia cree que nos acostamos juntos –dijo él mientras le acariciaba el labio inferior con el pulgar. Me importa un pito lo que crea tu familia, pero… no tenemos que explicar ni justificar esto.

–¿A qué te refieres? –preguntó ella, confusa.

–Te deseo. Me da igual que trabajes para mí, me da igual la película y todo lo demás. Tu eres lo único que quiero. Ven conmigo a casa. Sé mía mientras dure esta locura.

Ser suya. Solo dos palabras, pero tan poderosas… ¿Cómo iba a ser sensata y a resistirse? No era un ángel ni una santa. Él la deseaba y ella lo deseaba con desesperación. Ambos eran solteros, y aquello era un asunto de sexo, pasión y deseo. No intervenía el amor. Y no hacían daño a nadie.

Si te enamoras, sufrirás, se dijo.

Pues no me enamoraré.

Pero una parte de ella dudaba de esa negación.

–No me canso de ti –murmuró él antes de besarla e introducirle la lengua entre los labios entreabiertos.

Todas las dudas de ella desaparecieron ante la pasión de su lengua y su boca. Y lo siguió a aquel lugar mágico donde el tiempo se detenía.

Cuando la acariciaba, se sentía viva, poderosa y conectada con el universo. Cuando lo besaba, se sentía segura de sí misma y deseada. Era la mejor versión de sí misma. Ryan separó la boca de la de ella y le besó el pómulo, la mandíbula y el cuello, hasta llegar a la clavícula.

–Tenemos que dejar de hacer esto en los taxis –murmuró él.

–Tenemos que dejar de hacer esto, y punto –respondió ella en tono cortante.

–Me temo que eso no va a suceder, cariño –dijo él al tiempo que le rozaba los senos con los dedos y se separaba de ella de mala gana.

Habían llegado a su piso.

–Sube conmigo, por favor.

¿Cómo resistirse al ruego que expresaban sus ojos? ¿Creía él que era lo bastante fuerte como para negarse, lo bastante sensata como para alejarse de aquella situación? De ninguna manera. El cerebro le decía que debía quedarse en el taxi y que el taxista la llevara a casa, pero le abrumaba la necesidad de acercarse a él, de sentir cada centímetro de su piel. Deseaba a Ryan, lo necesitaba.

Le daba igual lo que sucediera al día siguiente. La noche era suya. Él era suyo.

Jaci abrió la puerta, se bajó y le tendió la mano.

–Llévame a la cama, Ryan.

A Ryan le gustaban las mujeres; sus curvas, la suavidad de su piel, los delicados sonidos que emitían cuando sus caricias les proporcionaban placer...

Sí, le gustaban las mujeres, pero adoraba a Jaci, pensó mientras le bajaba las braguitas. Por fin desnuda. Él seguía vestido, y le gustó el contraste. Tiró la prenda de encaje al suelo y se sentó en la cama mientras acariciaba el largo muslo de Jaci y observaba que los pezones se le endurecían al mirárselos.

Ninguna mujer de las que había conocido reaccionaba a su mirada como si fuera una caricia. Nunca había sentido la imperiosa necesidad de acariciar a ninguna como la experimentaba con ella.

Era aterrador y maravilloso a la vez.

–¿En qué piensas? –le preguntó ella en voz baja.

A Ryan le solía disgustar esa pregunta, ya que le parecía que invadía su intimidad, pero viniendo de ella no le importó.

–En que eres perfecta y en que estoy desesperado por acariciarte y saborearte.

Ryan se sorprendió al percibir que le temblaba la voz. Se dijo que solo se trataba de sexo, que estaba imaginando más de lo que realmente había.

Jaci lo miraba con los ojos llenos de deseo. Y de confianza. Él podía hacer lo que quisiera, sugerir cualquier cosa, y ella probablemente accedería.

Jaci se sentó a su lado y lo besó en los labios. Él le puso la mano en la nuca para sujetarle la cabeza mientras ellas le desabotonaba la camisa y hacía saltar un par de botones con las prisas. Luego se la abrió y le acarició el pecho y los pezones antes de descender hasta la cinturilla de los pantalones.

–Te quiero desnudo –dijo mientras tiraba de ellos.

Él recurrió a toda su fuerza de voluntad para resistirse, pues quería explorar el cuerpo de ella con las manos y la lengua, besar sus rincones secretos y hacerla gritar al menos dos veces antes de penetrarla.

Se quitó la camisa, los calcetines y los zapatos, pero se dejó los calzoncillos puestos, ya que descubrir y complacer a Jaci era más importante que un orgasmo rápido. Le agarró la mano y se la retiró de su sexo. Le asió la otra mano, se las colocó detrás de la espalda y se las sujetó mientras se metía un pezón en la boca. Jaci gimió y arqueó la espalda.

Él le soltó las manos, la empujó hacia atrás y se dedico a lamerle y chuparle los pezones.

Se dio cuenta, levemente asombrado, de que podía hacerla alcanzar el clímax simplemente con eso. Pero quería más de ella. Dejó sus senos y fue descendiendo con la boca por sus costillas y su estómago, y le metió la lengua en el ombligo. Siguió bajando hasta meterse entre sus piernas y acariciarla y lamerla con la punta de la lengua.

Le introdujo el dedo en el ardiente canal y ella gritó al tiempo que le apretaba el dedo y echaba las caderas hacia delante pidiendo más.

Ryan sacó el dedo, la besó en el estómago y la miró a los ojos.

–¿Te gusta? –preguntó.

–Mucho –respondió ella aferrándose a su cuello, con el rostro sofocado de placer.

La hizo gritar, la hizo alcanzar alturas en las que estaba seguro, a juzgar por la expresión asombrada de su rostro, que nunca había estado. Misión cumplida.

Jaci deslizó las manos desde el cuello de él hasta las caderas y el estómago, antes de agarrarlo con ambas manos.

Él suspiró.

–Déjame entrar –le rogó, él que no había rogado en su vida.

–No –Jaci sonrió–. Ahora me toca a mí volverte loco.

Ryan supo que estaba metido en un lío cuando se dio cuenta de que aquello era algo más que sexo, de que se estaba implicando emocionalmente. Eso tenía que cesar inmediatamente. Bueno, mejor después de que lo hubiera vuelto loco.

Tal vez entonces.

A la mañana siguiente, el sol jugueteaba detrás de los estores de la habitación de Ryan cuando Jaci abrió los ojos. Estaba boca abajo, como era su costumbre, y desnuda, lo cual no era su costumbre.

Miró el ancho pecho de Ryan y se dio cuenta de que su rodilla estaba apoyada en una parte muy delicada de la anatomía masculina y de que su brazo reposaba en sus caderas, y la excitación matinal de Ryan le daba los buenos días.

Observó su perfil y se percató de que parecía más joven con el rostro relajado por estar dormido tras una noche de sexo espectacular.

¿Por qué seguían en la cama con los miembros entrelazados? Ella era lo bastante inteligente para saber que, después de los numerosos orgasmos que él le había provocado, debía haberle dado las gracias educadamente y haberse despedido con un «ya nos veremos». No debiera haber consentido que él le rodeara la cintura con el brazo ni que se colocaran con las nalgas de ella pegadas a las caderas de él mientras la besaba en el cuello y los hombros.

No debía haberse permitido el placer de quedarse dormida en sus brazos.

El sexo sin complicaciones era algo que podía manejar. Lo que la inquietaba era la mano de él deslizándose por su cadera; su pie acariciándole la pantorrilla; su bíceps sirviéndole de almohada... Su afecto la asustaba y le hacía pensar en lo que pasaría si se acostumbraba a aquello.

Se separó de él de mala gana. Nada había cambiado entre ellos. Habían compartido una experiencia física que a ambos les gustaba. No debía darle más importancia. Se trataba únicamente de sexo, y no tenía nada que ver con el hecho de que fueran jefe y empleada ni con el de que se estuvieran haciendo amigos.

No había que confundir el sexo con el afecto ni

mucho menos con el amor. Ya había aprendido la lección.

Se levantó y buscó algo para vestirse. Incapaz de soportar la idea de ponerse el vestido de la noche anterior, agarró la camisa de Ryan y se la metió por la cabeza.

Después de haber comprobado que él seguía durmiendo, miró a su alrededor para captar los detalles del dormitorio que se le habían escapado la noche anterior. Ladeó la cabeza al ver que había fotos en la cómoda, pero estaban boca abajo, y parecía que llevaban tiempo así.

Le picó la curiosidad y se acercó. Se estremeció al verse reflejada en el espejo de la cómoda. Tenía el pelo revuelto, el rímel corrido y manchas rojizas en la mandíbula por el roce de la barba de Ryan. Tenía los ojos hinchados y su rostro estaba pálido y fatigado.

Miró las fotos. Estaban enmarcadas en marcos plateados. Levantó al primera y contuvo el aliento al ver la imagen sonriente de un Ben lleno de vida. Parecía a punto de salir del marco. Era difícil creer que ya no estuviera. Y si le resultaba difícil a ella, a su hermano le resultaría imposible, y entendió por qué Ryan no quería ver el rostro de su hermano.

En la siguiente fotografía se veía la imagen de una mujer de pelo y ojos oscuros que le resultó vagamente familiar. No podía ser la madre de Ryan, ya que se trataba de una mujer muy joven. ¿Era una antigua amante de Ryan?

Jaci sintió el aguijón de los celos. Pero había que querer al alguien para sentir celos, y ella no quería a Ryan.

Dejó la foto y al volverse a mirar al espejo vio que Ryan estaba detrás de ella.

–No te molestes en preguntar –dijo él.

Estaba desnudo, pero ocultaba sus emociones. ¿Cómo se atrevía, después de haberle hecho el amor toda la noche, a mostrarse tan frío cuando ni siquiera se habían dado los buenos días?

La antigua Jaci se habría ido con el rabo entre las piernas después de haberse puesto el vestido y de haberse disculpado por haberlo molestado. La nueva Jaci no tenía intención alguna de hacerlo.

Con los brazos en jarras, le espetó:

–¿Eso es todo lo que vas a decirme?

–No quiero empezar la mañana hablando de ella.

–¿Quién es?

–¿No has oído que no quiero hablar de ella? –Ryan agarró unos vaqueros de una silla y se los puso.

Jaci frunció el ceño.

–¿Así que está bien que yo te cuente todo sobre mi ex y sus infidelidades, pero que tú ni siquiera puedas decirme quién es ella y por qué tienes su fotografía en la cómoda?

–Sí, está bien. No te he torturado para que me lo contaras. Lo has hecho por elección propia. Y la mía es no hablar de ella.

¿Cómo una noche casi perfecta se había convertido en algo tan incómodo y desagradable?

Quería discutir con él, sin embargo, sabía que él tenía la razón: podía decidir lo que quisiera y a ella no le debía nada. Le había proporcionado placer, pero no le había prometido que fuera a confiar en ella ni a dejarla traspasar su coraza emocional.

Su pasado era suyo, y la mujer de la foto solo le concernía a él.

Si su renuencia a hablar y a confiar en ella la hacía sentir como un cuerpo más con el que él había jugado, era su problema. No iba a ser la típica mujer exigente, insegura e irritante que lo presionara.

Él había querido sexo y había recibido mucho. Había sido divertido, pero ya era hora de que ella se marchara.

Jaci apartó la vista del rostro de Ryan, asintió, consiguió sonreír y decir con frialdad:

–Desde luego. Perdona, no era mi intención meterme donde no me llaman.

Cruzó la habitación, agarró el vestido y los zapatos y señaló la puerta del cuarto de baño.

–¿Puedo usarlo?

–No te pongas así, Jaci. Claro que puedes.

Jaci se dirigió hacia allí sin volver a mirarlo al tiempo que se reprochaba haber sido tan estúpida y no haberse marchado la noche anterior para evitar aquella incómoda situación matinal.

Había aprendido la lección.

***

Ryan se aferró al borde de la cómoda, estiró los brazos y bajó la cabeza mientras se reprochaba su estupidez.

«Has manejado la situación con la inteligencia de un discapacitado mental».

Jaci le había hecho una sencilla pregunta para la que había una sencilla respuesta.

Podía haberle contestado que era alguien que fue importante para él, una exnovia, o su prometida. O si quería complicar las cosas, podía haberle dicho que era la amante de Ben.

Todo ello era verdad.

Se enderezó, se dirigió a la ventana y miró Central Park. Era una vista que lo encantaba, pero esa mañana no consiguió hacerlo, ya que solo pensaba en Jaci que estaba, probablemente desnuda, en el cuarto de baño.

Al despertarse se había dado la vuelta para abrazarla, pero la cama estaba vacía, lo cual fue como un jarro de agua fría sobre su excitación. Pensó que ella lo había abandonado, y la decepción que experimentó lo dejó sorprendido.

Era él quien siempre se marchaba, quien controlaba la situación. Aquello no le gustaba en absoluto.

La noche anterior había sido la experiencia sexual más intensa de su vida, y no le hacía gracia que hubiera tenido semejante efecto en él. Quería tratar a Jaci como a las demás, pero no podía. Le hacía desear cosas que se había convencido de no necesitar, como la confianza y el apoyo, y preguntarse si no había llegado la hora de eliminar el alambre de espino que rodeaba su corazón.

No se podía confiar en la gente, sobre todo en aquella que más te quería.

Pero una parte de él le indicaba que Jaci no era otra Kelly. De todos modos, no podía arriesgarse a que le volvieran a arrojar al rostro el amor y la confianza como si no significaran nada.

Para él significaban mucho.

Era mejor así, se dijo. Lo mejor era que Jaci y él se separaran y dejaran que el tiempo serenase la loca pasión que surgía entre ellos cuando estaban solos.

Y cuanto antes se distanciaran, mejor.

Ryan sacó una camiseta del armario y se puso unas deportivas gastadas. Después agarró la cartera, que estaba encima de la cómoda.

—¿Jaci? Voy a por café y bollos. Volveré dentro de diez minutos.

Ya sabía cómo iba a responderle y no lo defraudó.

—No estaré cuando vuelvas. Tengo cosas que hacer.

Ella no tenía nada que hacer, del mismo modo que él no quería café y un bollo.

—Muy bien. Hasta luego.

Capítulo Nueve

Era primavera, y los jardines de Lyon House, en Shropshire, estaban llenos de preciosa flores de todos los colores.

Era hermoso. Y era su casa.

Pero Jaci se sentía desgraciada.

Sentada en la capilla, construida al lado de la casa siglos antes, giró el cuello para soltar los músculos contraídos.

Suspiró y volvió a mirar de reojo a Ryan. Se había pasado buena parte de la ceremonia admirando sus anchos hombros, largas piernas y nalgas prietas y recordándolo desnudo. Se removió en el asiento.

A pesar de que lo había visto vestido de esmoquin, ese día le pareció más guapo que nunca. Él se había pasado la semana evitándola después de su, ¿cómo llamarlo?, encuentro en Nueva York, y, aunque racionalmente entendía que era una excelente idea que pasaran un tiempo separados, lo echaba de menos. Volvió a suspirar y a mirarlo.

No la había llamado, ni enviado un correo electrónico ni un mensaje. Nada. Le horrorizaba pensar que si él movía un dedo, ella se lanzaría a sus brazos.

Lo deseaba contra su voluntad.

Merry le apretó un hombro.

–¿Estás bien?

¿Qué podía responderle?

«No, mi vida es aún más complicada de lo que era al marcharme. No creo que encuentre trabajo pronto y creo que estoy enamorada de mi falso novio, que tiene la facilidad de comunicarse de una almeja».

Merry le habló al oído.

–¿Así que tú y Ryan…?

–No estamos juntos –susurró Jaci.

Merry lo miró y se pasó la lengua por los labios.

–Es una ricura. Mamá cree que estáis teniendo una aventura.

–Se ha exagerado mucho la supuesta relación entre nosotros –nadie podía hablar de relación por haber pasado juntos varias noches apasionadas.

–Anda, cuéntame.

La anciana tía que tenía al otro lado le dio un codazo a Merry en las costillas.

–El cura está dando el sermón.

–Y yo estoy intentando no dormirme –Merry bostezó.

Ryan cambió de postura, de modo que prácticamente se quedó frente a ella. Jaci sintió sus ojos, que, como dedos suaves, le recorrían el rostro y descendían hasta sus senos. Los pezones se le endurecieron. Ryan esbozó una sonrisa. Y ella se enfureció. Maldijo en silencio su cuerpo traicionero y se cruzó de brazos.

–Deberías prestar algo de atención a tu hermano

–le susurró Merry–. Ya sabes, ese tipo que se está casando con la chica del vestido blanco.

–No puedo evitarlo: me saca de mis casillas. Es arrogante e irritante. La situación entre nosotros es… complicada.

–Complicada o no, es un hombre muy sexy.

Priscilla, que estaba en el banco anterior al de ellas, se volvió y las fulminó con la mirada. Su voz, un poco menos sonora que una sirena, retumbó en la capilla.

–¿Queréis hacer al favor de callaros u os echo a la calle?

Si Jaci no se hubiera sentido tan avergonzada, tal vez se hubiera divertido al ver cómo su hermana, una periodista impasible, se deslizaba hacia abajo en su asiento y se tapaba los ojos con la mano.

La banda interpretaba una de esas largas y lentas canciones que se tocaban para los invitados que se resistían a dejar de beber, de bailar o, como en el caso de Merry, a abandonar la compañía de un primo de la novia.

Jaci se dijo que su hermana parecía animada mientras la observaba sentada a la mesa, que se había quedado desierta. Esperaba que aquel hombre no fuera casado ni homosexual ni un imbécil. Su hermana se merecía a un buen hombre que equilibrara su exceso de seriedad y con quien tener buen sexo, que era algo muy saludable.

Bueno, siempre que no estuvieras a punto de enamorarte del hombre que, hasta dos días antes, te había proporcionado excelente sexo. Jaci cerró los ojos. No podía ser tan estúpida como para enamorarse de Ryan. Tal vez estuviera confundiendo el hecho de que le gustara con el amor.

Si era así, ¿por qué lo echaba tanto de menos?, ¿por qué pensaba en él constantemente?, ¿por qué quería hacer que la vida de él fuera mejor y más feliz? No podía atribuirlo a una mera atracción sexual ni a una amistad.

Se hallaba al borde de entregarle el corazón. Y si lo hacía y él se negaba a aceptarlo, cosa que haría porque Ryan no se comprometía con nada ni con nadie, su corazón quedaría irreparablemente dañado.

Tenía que protegerse. ¿Acaso no había sufrido bastante? ¿Por qué quería seguirse torturando?

Una mano fuerte y bronceada le puso delante una taza de café. Ella alzó la vista y vio a Ryan.

—Me parece que te vendrá bien —dijo él mientras se sentaba en la silla de al lado y la giraba para estar frente a ella.

—Gracias. Creí que me estabas evitando.

—Lo he intentado —Ryan consultó su reloj—. Lo he logrado durante seis horas.

—Querrás decir ocho días y seis horas. Me dijeron que te habías ido a Los Ángeles.

Ryan la fulminó con la mirada.

—Sí, y fue una pérdida de tiempo, ya que no dejé de pensar en ti. Desnuda.

Un torbellino de deseo giró entre ambos. ¿Qué podía responderle Jaci?

–Me he pasado la mayor parte de la noche viéndote hablar con tu ex –observó él.

Era una exageración. Había hablado con Clive, pero no toda la noche.

–No estarás pensando en darle otra oportunidad, ¿verdad?

Ni llamadas, ni mensajes, ni correos electrónicos, y le salía con preguntas estúpidas. Jaci suspiró. Volver con Clive después de haber estado con Ryan sería como vivir en una tienda minúscula después de haberlo hecho en una mansión: horrible. Pero debido a su reciente comportamiento, no estaba dispuesta a tranquilizarlo a ese respecto. ¿O se había imaginado el tono de preocupación que le había parecido distinguir en sus palabras?

Probablemente.

–Dime algo, Jaci.

–Estás de broma, ¿no? ¿Crees en serio que puedes dormir conmigo y después excluirme cuando te hago una pregunta personal? ¿Crees que está bien no llamarme y evitarme el resto de la semana?

Ryan soltó un juramento y se frotó la nuca.

–Lo siento.

Ella no se lo creyó.

–Claro. Pero estoy segura de que si te pido que nos vayamos a tu hotel, estarás encantado.

–Por supuesto. Soy un hombre, y tú eres el mejor sexo que he tenido.

Jaci lo miro con los ojos como platos.

–¿El mejor? ¿En serio?

–¡Maldita sea, Jaci! ¡Me has complicado mucho la vida!

¿Qué podía decirle ella? ¿Que lo sentía?

Ya se había disculpado demasiado en su vida, muchas veces por cosas que no eran culpa suya, pero no pensaba pedirle disculpas a Ryan. Le gustaba comprobar que al menos le afectaba de algún modo.

Así que cruzó las piernas y no se molestó en colocarse bien el vestido cuando se le abrió y dejó al descubierto la rodilla y buena parte del muslo. Observó que él la miraba y que se ponía en tensión al tiempo que tragaba saliva.

En vez de acariciarla como ella esperaba, Ryan bebió un sorbo de café, dejó la taza en el plato y dio unos golpecitos con el dedo en la mesa.

–No se me da bien revelar mis pensamientos. Tengo malas relaciones con los miembros de mi familia, tanto con los vivos como con los muertos. Mi madre está muerta, mi padre es un desconocido para mí, alguien que siempre ha puesto sus necesidades por encima de las de sus hijos. No busco tu compasión; me limito a decirte cómo son las cosas.

Ryan se calló y respiró hondo. Jaci tardó unos segundos en darse cuenta de que estaba hablando de sí mismo con ella, y el corazón comenzó a latirle más deprisa. ¿De verdad lo estaba haciendo?

–No hablo con la gente porque no quiero que me conozcan a fondo –Ryan cerró los ojos momentáneamente antes de seguir hablando–. ¿La mujer de la foto? Murió en el mismo accidente de coche que Ben.

–¿Era la novia de Ben? Lo siento, pero no recuerdo cómo se llamaba.

¿Y por qué tenía Ryan una foto de la novia de Ben en su dormitorio? Aunque estuviera boca abajo.

–Se llamaba Kelly. Todos pensaron que era la prometida de Ben porque llevaba un anillo de compromiso.

Algo en la voz de Ryan hizo que Jaci se inclinara hacia delante e intentara mirarle a los ojos. Era evidente que hablar de aquella mujer y de Ben le resultaba difícil. Claro que se trataba de la muerte de su hermano. Tenía que resultarle duro.

Ryan miró el suelo y respiró hondo. Jaci estuvo segura de que no se había dado cuenta de que la había tomado de la mano.

–Kelly no era la prometida de Ben, sino la mía.

Jaci entrelazó sus dedos en los de él y se los apretó con fuerza.

–¿Cómo?

Ryan alzó la cabeza y esbozó una sonrisa que no le llegó a los ojos.

–Nos habíamos prometido dos semanas antes.

–Pero la prensa afirmó que habían pasado un romántico fin de semana juntos –Jaci soltó un palabrota al darse cuenta de lo que intentaba decirle–. Te estaba engañando –se llevó una mano a la boca–. ¡Oh, Ryan!

Jaci sintió náuseas. ¿Su prometida y su hermano estaban teniendo una aventura y Ryan lo había descubierto cuando murieron al estrellarse con el coche? ¡Era horrible!

¿Cómo se enfrentaba uno a la pérdida de dos seres queridos al tiempo que descubría que lo habían engañado? ¿Qué se sentiría? No era de extrañar que Ryan no confiara en nadie.

La ira sustituyó al horror.

–Estoy hecha una furia –acertó a decir.

Él sonrió.

–Pasó hace mucho tiempo, cariño –soltó la mano de ella y dobló los dedos–. ¡Ay!

–Lo siento, pero semejante deslealtad, tanto egoísmo…

Ryan le puso los dedos en la boca para hacerla callar. Ella suspiró y se tragó las palabras.

–Lo siento –murmuró entre sus dedos.

–Yo también –Ryan bajó la mano–. Nunca he hablado de ello. Solo lo sé yo. Kelly quería que mantuviéramos el compromiso en secreto…

–Porque se acostaba con tu hermano.

–Gracias, no se me había ocurrido –dijo él con sequedad.

–Lo siento –parecía que era lo único que sabía decir aquella noche.

–Eres la primera persona a la que se lo he contado. Me preguntaste quién era ella, y quería y no quería decírtelo al mismo tiempo, y todo se volvió demasiado…

Jaci esperó un segundo antes de sugerirle una palabra.

–¿Real?

Ryan asintió.

–Sí. Si te lo contaba, no podría seguir fingiendo que solo éramos amigos.

¿Qué quería decir? ¿Eran algo más que amigos en aquel momento? ¿Sentía también él algo más profundo que la pasión y la atracción, algo que podía convertirse en otra cosa?

Jaci deseó tener el valor de preguntárselo, pero no deseaba oír la respuesta, ya que tal vez no fuera la que esperaba. Él tenía su corazón en sus manos y ella le suplicaba en silencio que lo aceptara, pero que lo mantuviera a salvo, cosa que no estaba segura que fuera a hacer.

Ryan cerró los ojos y se frotó los párpados.

–Estoy cansado.

–Pues vuélvete al hotel.

–¿Vienes conmigo?

Podía hacerlo, pero, si lo hacía, se quedaría sin defensas frente a él, le entregaría todo lo que tenía, y eso era algo que Jaci no podía permitirse. A pesar de que se había abierto a ella, no estaba enamorado ni deseaban lo mismo.

Jaci estaba enamorada de él y le había entregado casi todo su corazón, pero se había reservado un trocito y su alma entera porque quería que siguieran estando allí, que sobrevivieran cuando él se marchara.

Porque él se marcharía. Aquello era la vida real, no un cuento de hadas.

Ryan se levantó y le tendió la mano.

–¿Vienes?

–Lo siento, Ryan.

Este frunció el ceño y miró al otro lado de la habitación, desde donde Clive los observaba. La observaba.

–¿Tienes algo mejor que hacer? –le preguntó con la mirada oscurecida por los celos.

–Eres idiota –murmuró ella.

Estaba tentada de irse con él, desde luego. Pero cuanto más durmiera con él, más enamorada se sentiría. Tenía que ser sensata y guardar cierta distancia. Pero tampoco quería quitar importancia al hecho de que hubiera confiado en ella. Le estaba agradecida, por lo que le dio un beso en la mejilla y después apoyó la suya en ella.

–Gracias por habérmelo contado, Ryan.

Los dedos masculinos se clavaron en sus caderas. Ryan apoyó la frente en la de ella.

–Me vuelves loco.

Jaci rio.

–Lo mismo digo. ¿Vas a venir mañana a desayunar con mi familia?

–Sí –la besó en la nariz antes de separarse de ella y lanzó una mirada a Clive–. No dejes que te convenza, Jaci. Es un político, y parece que bueno.

–¿Y?

–No dejes que te engañe –respondió él con impaciencia–. Ya te ha engañado y mentido antes. No dejes que vuelva a hacerlo.

Jaci lo miró, asombrada. No era una niña ni una idiota: sabía perfectamente quién era Clive. ¿Daba la imagen de ser tan ingenua, tan tonta, tan necesitada de protección? Era una persona adulta, no la mujer sin carácter ni voluntad que su familia y Ryan creían. ¿La verían alguna vez como realmente era?

Ya no necesitaba un príncipe ni un caballero que la rescatara. Sabía cuidarse sola.

A la mañana siguiente, Jaci, Merry y su madre se sentaron en la terraza a ver cómo el personal del servicio de cáterin desmontaba la tienda y recogía los restos de la boda. Cuando Ryan llegara, irían a buscar a su padre al despacho y desayunarían.

Su madre, sentada al lado de Jaci, tenía un esbozo de su nueva novela en la mano.

–Ya he casado a uno. Ahora me quedan dos –afirmó.

–A mí no me mires –dijo Merry con firmeza mientras ponía los pies desnudos en el brazo de la silla de Merry.

–Mi boda debiera haber sido la siguiente –dijo Jaci.

–Por cierto –apuntó Merry–anoche te vi hablando civilizadamente con Clive. ¿Por qué no le diste una bofetada y le sacaste los ojos?

–Porque ya no me importa. Va a venir hoy. Hay

unas cosas en mi habitación que quiere recoger. Cuando lo haya hecho, me veré libre de él para siempre.

–¿De qué hablasteis? ¿De vuestra relación?

–Un poco. Se mostró encantador y me pidió disculpas. Se humilló un poco, lo cual me gustó.

–No me lo creo –respondió su hermana–. Clive no es de los que se humillan.

–Intentó convencerme de que lo volviéramos a intentar, pero le hablé de Nueva York y de lo feliz que era allí. Al final dejó de insistir y afirmó que lo comprendía. Me deseó suerte y nos despedimos como amigos.

–A Clive no le gusta que lo rechacen –apuntó Merry–. No me fío de él. Ten cuidado.

Jaci pensó que su hermana exageraba. Además, ya estaba aburrida de hablar de su ex.

–¿Y Ryan?

–No lo sé, Merry. Tiene problemas que debe solucionar. No sé si llegaremos a ser algo más que amigos.

–No te mira como a una amiga.

–Eso se debe a que en la cama estamos muy bien –replicó Jaci, y miró a su madre–. Lo siento, mamá.

–Sé que te has acostado con él, hija –dijo Priscilla en tono seco–. No soy tan mojigata. He tenido y, para tu información, sigo teniendo vida sexual.

–¡Vaya! –exclamó su hija–. Volviendo a Ryan, es un libro cerrado en muchos aspectos. Con él avanzo un paso y retrocedo sesenta. Creo que anoche avanzamos dos pasos.

–¿No habías dicho que lo vuestro era informal?

–Así es. Más o menos. Creo que anoche dimos un gran paso adelante, pero, conociéndome, puede que lo haya interpretado mal. Soy bastante estúpida en lo que se refiere a mis relaciones con los hombres.

–Todas los somos –observó Merry.

–Sí, pero yo alcanzo elevadas cotas de estupidez.

Había besado a Ryan de forma impulsiva; había accedido a ser su novia fingida; se había acostado con él; y se había enamorado. Decir que era estúpida era quedarse corta.

Se sobresaltó al oír el ruido de los papeles golpeando el suelo. El viento hizo volar las hojas del manuscrito de su madre por la terraza. Antes de que Priscilla se pusiera histérica, Jaci se levantó para recogerlas, pero la voz de su madre la detuvo.

–¡Siéntate, Jacqueline!

–Pero… tus papeles…

–Déjalos –le ordenó.

Jaci frunció el ceño. Aquello no era propio de su madre.

Priscilla la miró con ojos tristes.

–No quiero volver a oír esas palabras de tus labios.

–¿Qué palabras?

–Que eres estúpida. No lo toleraré. ¿Queda claro?

Jaci pensó que aquello no tenía sentido. Antes de que pudiera decir algo, Priscilla alzó la mano y negó con la cabeza.

–No eres estúpida, ¿me entiendes? –dijo temblando de emoción–. Eres más inteligente que todos nosotros juntos.

–Mamá…

–Ninguno de nosotros habría podido enfrentarse a lo que te hizo sufrir Clive con la dignidad con la que lo hiciste tú. Habríamos escondido la cabeza debajo del ala y esperado a que pasara la tormenta. Pero tú te enfrentaste a él y a la prensa. Nosotros cuatro vivimos sin hacer caso de lo que nos hace desgraciados. Somos personas egoístas y horribles.

–No digas eso, mamá.

Jaci miró a Merry, que parecía igualmente incómoda ante las palabras de su madre.

–No está bien que te hayas pasado la vida pensando que eres una persona de segunda categoría porque no eres tan obsesiva, egoísta y ambiciosa como nosotros.

–Pero no soy tan inteligente como vosotros –apuntó Jaci.

–No, pero lo eres a tu manera –dijo Merry–. En vez de quedarte destrozada cuando supiste la verdad sobre Clive, recogiste los pedazos, conseguiste trabajo y empezaste una nueva vida. Y para eso hace falta valor. Mamá tiene razón. No hacemos caso de lo que no entendemos y nos ocultamos a nosotros mismos y nuestras emociones en el trabajo.

Jaci soltó una risa temblorosa.

–No exageremos. Solo soy guionista.

–Es un trabajo en el que destacas –dijo su madre. Siento que creyeras que no podías decírnoslo, que pensaras que no te apoyaríamos. Soy una madre terrible. Soy yo la que ha fracasado, Jaci, no tú. Eres, con mucho, la mejor de nosotros.

Jaci se tragó las lágrimas. ¡Qué semana! Se había enamorado y se había dado cuenta de que era un parte importante de la familia Brookes-Lyon.

—Y no eres estúpida en lo que se refiere a los hombres —apuntó Priscilla—. Ryan es imbécil si no se ha dado cuenta de lo maravillosa que eres.

Deseó poder contarles lo de Ben y Kelly, pero esa historia era de Ryan, no suya. Tal vez hubieran progresado la noche anterior. Pero ¿cuánto?

A pesar de que Ryan le había explicado las razones de su reserva y precaución, no le había dicho que estuviera dispuesto a cambiar y a confiar en ella y a amarla. Sabía que seguía siendo la misma persona reservada e incapaz de confiar, y no sabía si ella podría soportarlo a largo plazo. ¿Cómo se le demostraba a alguien que eras digno de su confianza y de su amor? Si hacía caso omiso de esas preguntas y volvía a acostarse con él, estaría contenta hasta la vez siguiente en que la volviera a excluir. Y así, sucesivamente. No quería entrar en aquel juego.

Quería una relación, que la quisieran para siempre.

—No sé en qué punto me hallo con él.

—Por muy bien que me caiga Ryan —observó su madre— si no eres capaz de averiguarlo y él no te lo dice, tal vez haya llegado la hora de seguir adelante tú sola.

Jaci pensó que tenía razón. ¿Consentiría Ryan que ella fuera algo más para él? ¿Estaba dispuesta a esperar a que él se decidiera? ¿Estaba dispuesta a demostrarle que era digna de su confianza y de su amor?

Pero ¿era lo suficientemente fuerte como para dejarlo marchar? No lo creía. Tal vez la solución fuera concederle algo de tiempo para que se acostumbrara a volver a tener a alguien en su vida. Al cabo de un par de meses, ella podría volver a evaluar la situación, ver si había habido progresos. Era lo justo.

Tuvo la sensación de que se estaba engañando, de que estaba retrasando lo inevitable. Pero al oír que un coche se detenía, se puso en pie de un salto, se olvidó de sus dudas y sonrió de oreja a oreja.

–¡Ya está aquí! –gritó al tiempo que se inclinaba sobre la barandilla para ver el coche. Se le cayó el alma a los pies al reconocer el Jaguar de Clive–. ¡Maldita sea! Es Clive.

Merry miró a su madre y le susurró:

–Su tono me suena a música celestial.

Priscilla asintió sonriendo.

–A mí también.

Capítulo Diez

Ryan aparcó el coche de alquiler frente a la casa. Se sentía como si tuviera una soga al cuello y alambre de espino en el corazón. Miró la fachada y se preguntó cuál sería la ventana de la habitación de Jaci.

Habría sido mucho mejor que se hubieran pasado la noche teniendo sexo en vez de hablando. Sabía desenvolverse en el primer aspecto, pero no tanto en el segundo.

Trataba de convencerse de que le había hablado de Ben y Kelly porque ella le había contado su desastrosa relación con Clive. Pero muchas mujeres le habían contado sus penas y nunca había sentido la necesidad de devolverles el favor.

Para persuadirse de que su relación con Jaci había sido una corta aventura, se había distanciado de ella, pero solo le había servido para sentirse desgraciado. La había echado terriblemente de menos.

Tenía que tomar una decisión con respecto a Jaci. Sabía que ella deseaba una relación estable con alguien que se comprometiera y la cuidara.

Aunque de boquilla aceptara la idea de una aventura, sus sentimientos acabarían por ser más profundos. Y los de él también.

Había confinado sus sentimientos cinco años antes, y no le gustaba que ella le hiciera sentir más, le hiciera desear darle la mejor versión de sí mismo. Se estaba volviendo muy importante para él, y si se iba a marchar debía hacerlo ya.

No podía volver a acostarse con ella porque cada vez que lo hacían, cada momento que estaba con ella, se le metía más adentro.

Agarró la cartera y el móvil del salpicadero y abrió la puerta dando un suspiro. Era mucho más sencillo no tener pareja. Su vida no era complicada antes de la aparición de Jaci.

Era aburrida, desde luego, pero sin complicaciones.

Vio que el padre de Jaci doblaba la esquina para subir los escalones que conducían a la puerta principal.

—Buenos días, Archie —dijo tendiéndole la mano—. ¿Ha visto a Jaci?

Archie, que no se preocupaba de nada que no fuera su periódico, reflexionó durante unos segundos.

—Está en su habitación con el político.

—¿Cómo? —preguntó Ryan con voz ahogada.

¿Qué significaba aquello? ¿Había pasado Clive la noche con Jaci?

—¡Ryan!

Este alzó la vista y vio a Jaci salir por la puerta de la casa seguida de su ex, que llevaba una bolsa de viaje colgada del hombro y tenía la mano en la espalda de Jaci. Ryan cerró los puños. Jaci bajó los escalones y se le acercó con una sonrisa radiante.

¡Qué hermosa era!, pensó. ¡Qué graciosa e inteligente!

Clive saludó a Archie antes de que entrara en la casa y después besó a Jaci en la mejilla, le dijo que lo llamara y se dirigió al coche. Jaci lo observó mientras se marchaba, y cuando miró a Ryan, resplandecía.

Para él fue como si le hubieran dado un puñetazo en el estómago. Jaci estaba radiante, como cuando él le había hecho confidencias, como después de haber hecho el amor. Vio emoción en sus ojos, esperanza y amor.

Pero no habían hecho el amor.

Tal vez se hubiera acostado con Clive. Tres meses antes lo quería y planeaba casarse con él. Esos sentimientos no desaparecían así como así. Él, con su labia de político, podía haberla convencido.

¿Creía Ryan que había más de lo que había entre Jaci y él? A fin de cuentas, ella no le había dado la más leve indicación de que deseara profundizar en la relación. Por lo que sabía, podía considerarlo un pasatiempo hasta que su ex recuperara el buen sentido.

¿Amaba Jaci todavía a Clive? No era una locura pensarlo. Él seguía queriendo a Ben a pesar de que lo hubiera traicionado, e incluso seguía queriendo a Kelly.

Pero lo corroía pensar en Jaci y Clive en la cama, en aquel canalla acariciando su cuerpo perfecto. Ryan ya había compartido a una mujer y no estaba dispuesto a volver a hacerlo. Sintió que la bilis le subía a la garganta y tragó saliva.

Bajó la vista y vio que su móvil, que estaba en el modo de silencio, estaba sonando. No reconoció el número que apareció en la pantalla. Pulsó la tecla verde y se llevo el móvil a la oreja.

–¿Jax? Soy Jet Simons.

Ryan frunció el ceño. ¿Por qué le llamaba aquel periodista y cómo había conseguido su número? Pensó en colgarle, pero tal vez hubiera un fuego que necesitaba apagar.

–¿Qué demonios quieres? ¿Y cómo has obtenido este número?

–Tengo mis fuente. Me he enterado de que Jaci Brookes-Lyon y tú creéis que Leroy Banks es un tipo viscoso y que fingís que sois pareja para tenerlo contento. ¿Quién de los dos lo llama el señor Sapo?

Ryan miró a Jaci al tiempo que soltaba una palabrota. Solo después se dio cuenta de que eso era la confirmación que Simons necesitaba.

–Sin comentarios –gruñó al tiempo que deseaba poder llegar a través del teléfono al cuello del periodista y retorcérselo. Estrangular a Jaci era otra opción, ya que era ella la que había llamado así a Leroy.

–¿Es eso un «sí»? –insistió Simons.

–Es un «sin comentarios». ¿Quién te lo ha contado?

Simón soltó una carcajada.

–Dile a Jaci que no se puede confiar en un político.

126

–¿Tu fuente es Clive Egglestone?

El silencio de Simons fue suficientemente elocuente.

Parecía que Jaci había hecho confidencias a Clive en la cama. Ryan le lanzó una airada mirada sin hacer caso de su expresión implorante y confusa. La furia y la desesperación le atenazaban el estómago. Recordaba aquel sentimiento, ya que había vivido con él durante años, después de la muerte de Ben y Kelly.

Tenía ganas de pegar a alguien; preferiblemente a Simons.

Por eso no tenía relaciones serias con ninguna mujer. Por si fuera poco que su corazón y su vida fueran un caos, la situación estaba afectando a su trabajo. ¿Cuándo había empezado todo a ir mal?

Detestaba tener que preguntar a Simons, pero tenía que saber de cuánto tiempo disponía.

–¿Cuándo vas a publicarlo?

–No puedo –respondió Simons alegremente–. Banks ha amenazado con demandar al periódico si su nombre aparece. Y el director ha decidido no publicarlo. Por eso no me ha importado revelarte mi fuente.

–¿Has hablado con Banks? –aquello era el fin. La película no se haría y la carrera de Jaci no despegaría.

–Sí. Se ha puesto… ¿cómo se dice? ¿Lívido?

Su tono de voz indicó a Ryan que se lo estaba pasando en grande.

–Me pidió que te dijera que agarraras la película y te la metieras por…

Ryan lo interrumpió.

–Lo he entendido. Así que, en resumidas cuentas, me has llamado para fastidiarme.

–En resumidas cuentas.

Ryan soltó varios juramentos y colgó. Lanzó el móvil por la ventanilla abierta del coche al asiento del pasajero y unió las manos por detrás del cuello.

–¿Qué ha pasado? –preguntó Jaci, preocupada.

–Parece que anoche te fuiste de la lengua con tu ex.

Jaci frunció el ceño.

–No te entiendo.

–Tu conversación en la cama ha destruido toda posibilidad de que Leroy financie *Blown Away* –le espetó él con dureza.

Jaci pareció perpleja.

–¿Qué conversación en la cama? ¿De qué hablas? ¿Banks ha retirado su apoyo económico?

–Tu novio ha llamado a Simons y le ha contado toda la historia: que hemos engañado a Leroy haciéndole creer que somos pareja porque te repele. Buen trabajo, bonita. Muchas gracias. La película ha muerto, al igual que tu carrera.

Ryan sabía que debía callarse, pero estaba muy dolido y enfadado, y quería hacerle daño, que sufriera tanto como él. Deseó estar tan furioso por haber perdido el dinero de Banks como porque ella se hubiera acostado con aquel político, por haberla perdido.

Jaci lo miró con los ojos llenos de una emoción que no supo identificar.

–¿Has perdido el juicio? –susurró.

–Lo perdí cuando creí que eras de fiar –replicó él al tiempo que abría la puerta del coche y se montaba–. Debí haber huido lo más deprisa posible inmediatamente después de que me hubieras besado. Solo me has creado problemas, tantos que no sé si podré librarme de ellos. Tienes razón: eres la oveja negra de la familia.

Ryan observó cómo sus palabras cargadas de veneno la herían, y tuvo que agarrar el volante para no bajarse a abrazarla. La amaba, pero quería hacerla sufrir. No lo entendía ni estaba orgulloso de ello, pero era así. A diferencia de cuatro años antes, esa vez podía defenderse.

Podía atacar verbalmente, tomar represalias y no tener que pasarse el resto de la vida lamentándose porque la muerte le hubiera arrebatado la posibilidad de enfrentarse a los que le habían hecho daño. Podía hacer daño a su vez, y se sentía de maravilla.

–¿Por qué te comportas así? Le conté a Clive lo de Banks y lo de Nueva York, pero no pensé que fuera a decírselo a la prensa. Creí que tú y yo volvíamos a ser amigos, que habíamos llegado a un acuerdo anoche.

–Lo cual no te impidió meterte en la cama con ese desgraciado.

–¡No me he acostado con Clive! –gritó Jaci.

«Seguro que no», pensó él.

Encendió el motor, metió la marcha atrás, retrocedió un poco y pulsó el botón para bajar la ventanilla del asiento del pasajero. Jaci lloraba, pero Ryan no podía permitir que su expresión desesperada y confusa lo afectara. No volvería a permitir que nada volviera a afectarle, ni de ella ni de ninguna otra mujer.

No se fiaba de que esas lágrimas ni la expresión de su rostro fueran genuinas. No se fiaba de ella.

—Gracias por destrozarme la vida. Te debo una.

—¿Te han despedido? —preguntó Shona al ver que Jaci vaciaba su escritorio.

Era miércoles. Jaci llevaba dos días en Nueva York. Había enviado dos correos electrónicos a Ryan y le había dejado tres mensajes en el móvil, en los que le pedía que hablara con ella. No había obtenido respuesta alguna, por lo que concluyó que Ryan no quería verla.

—He dimitido para ahorrarles la molestia de despedirme. Sin financiación, *Blown Away* no se va a rodar, por lo que ya no me necesitan.

—Me han dicho que Jax lleva días de reunión en reunión tratando de obtener el dinero.

Jaci no iba a añadir nada nuevo a los rumores que circulaban por la oficina.

«Gracias por destrozarme la vida».

¡Menudo imbécil¡ ¿Cómo se había atrevido a pensar que se había acostado con Clive? Era cierto que había hablado con él de Leroy, pero solo porque quería que viera que estaba feliz y contenta sin él, que había otros hombres en su vida y que no sufría por él.

Pero había olvidado que Clive odiaba compartir nada con nadie y que la seguía considerando de su propiedad. Por debajo de sus alegres sonrisas se ocultaba un hombre empeñado en castigarla, en vengarse por haber tenido la temeridad de abandonarlo y estar con Ryan. Pero jamás hubiera pensado que tuviera tantos deseos de venganza como para llamar a un periodista de la prensa sensacionalista para causarles problemas a Ryan y a ella.

Estaba furiosa. ¿Cómo podía Ryan tener tan poca fe en ella?, ¿cómo podía pensar que se acostaría con otro después de haber compartido con él algo tan profundo e importante la noche anterior? Tal vez ella fuera una bocazas y confiara en los demás con demasiada facilidad, pero no los engañaba. Ya la habían engañado, y a Ryan también, por lo que ambos sabían lo que se sentía. ¿Cómo podía creer que era capaz de infligirle semejante dolor?

Entendía lo mucho que Ryan había sufrido al enterarse de la traición de Ben y Kelly, así como el motivo de que evitara todo sentimiento de intimidad. Comprendía su renuencia a confiar en ella, pero la destrozaba que no la conociera en absoluto.

¿No se había dado cuenta de que lo amaba? ¿Cómo podía estar tan ciego?

–Lo siento, Jaci –dijo Shona.

Jaci volvió a la realidad. Se había olvidado por completo de que su amiga estaba allí.

—¿Vas a volver a Londres? —añadió Shona.

Jaci se encogió de hombros.

—Aún no lo sé.

—Lo siento, de verdad —Shona le apretó el hombro y volvió a su escritorio.

También Jaci lo sentía, pero no podía hacer que alguien la amase. Tal vez pudiera perdonar a Ryan su forma de atacarla, pero al no querer volver a verla le había demostrado que lamentaba haberle hablado de su pasado, que no confiaba en ella y, obviamente, que no quería proseguir con su relación.

El sufrimiento de Jaci era terrible, pero lo superaría. No volvería a querer demasiado, a exigir demasiado ni a entregarse demasiado.

Si volvía a amar a alguien, sería con sus propias condiciones. Quería ser el santuario de la otra persona, el dulce sitio donde se dejara caer. Quería ser la guardiana de sus secretos y a quien le confiara sus miedos. Quería serlo todo para el otro.

Dejar una relación que se estaba volviendo tóxica no era una decisión fácil, pero sabía que era la correcta. No importaba que sintiera la pérdida y que estuviera desencantada. Aquello no iba a dictar su vida. Era más fuerte y más valiente que nunca, y no volvería a ser la mujer débil e insegura de antaño.

Era hora de que comenzara a protegerse el corazón, los sentimientos y el alma. Era hora, como su madre le había dicho, de seguir adelante sola.

***

Como se había pasado una semana persiguiendo a antiguos conocidos y a nuevos contactos, Ryan ya sabía que no habría dinero para rodar la película. Había oído las mismas excusas una y otra vez.

Aún tenía la oferta de su padre de financiar la película, pero no estaba dispuesto a aceptarla. Podría producir la película en el futuro, pero sería un duro golpe para la carrera de Jaci.

Jaci… No, no iba a pensar en ella. Lo suyo se había acabado, y ella había dimitido de su puesto, según una breve nota que le había dejado a su secretaria.

Había salido de su vida, y estaba bien. Pero en su cabeza revivía las últimas escenas de su relación. En lugar de tratar de suprimirlas, dejaba que lo invadieran. No conseguía trabajar, por lo que, tal vez si recordaba adecuadamente los hechos de aquella noche, sería capaz de seguir adelante, de recuperar la normalidad.

Recordó la boda y lo guapa que estaba Jaci con los labios pintados de un color que hacía juego con el de su vestido rosa. No le había quitado el ojo de encima en toda la noche. Después de la cena, Clive se le había acercado y ella se había mostrado fría y distante. Habían hablado largo rato, él tratando de aproximársele y ella retrocediendo.

Ryan frunció el ceño. Era eso lo que ella había

hecho. No se lo estaba imaginando. Al final, Clive se había marchado con cara de pocos amigos. Después, Ryan se había sentado con ella a la mesa y Jaci solo había tenido ojos para él. Había sido el centro de su atención y no había mirado a su alrededor buscando a Clive. Lo había olvidado al estar junto a Ryan.

Entonces, ¿cómo podía ser que se hubiera acostado con él? ¿Estaba seguro de que lo había hecho? No tenía prueba alguna, aparte de su instinto, poco de fiar. Y su intuición estaba empañada por los celos y sus inseguridades pasadas por haber sido engañado.

Deseaba hablar con alguien que le dijera la verdad sin tapujos.

La hermana de Jaci lo haría. Merry no se andaba con miramientos. Ryan agarró el móvil y, en menos de un minuto, la voz cortante de Meredith retumbó en la habitación.

–¿Estás ahí, estúpido?

Merry parecía muy enfadada con él. Daba igual, ya que él estaba muy irritado con su hermana.

–¿Se acostó Jaci con Clive? –le preguntó a bocajarro.

–Anoche hablamos por Internet y nunca me había parecido tan triste. Le has destrozado el corazón. Se duerme llorando todas las noches. ¿Lo sabías, Ryan?

–¿Se acostó con él?

Se produjo un largo silencio al otro extremo de la línea.

–¿Sigues ahí? –preguntó Ryan.

Merry suspiró.

–¿Por qué crees que Jaci se ha acostado con Clive?

–Por la mañana parecía... –Ryan creyó que la cabeza le iba a estallar–. ¡No lo sé! Estaba resplandeciente, como si le hubiera ocurrido algo maravilloso. Tu padre me dijo que Clive y ella estaban en la habitación de Jaci, así que deduje que se habían reconciliado.

–Eres un idiota integral –le dijo Merry, irritada–. Escúchame bien. Clive vino a recoger unas cosas que Jaci tenía en su habitación. Es la única razón por la que estuvo allí. Jaci le habló de Nueva York, de lo feliz que era allí. Como es una mujer y tiene su orgullo, quería que Clive supiera el éxito que había tenido y que no lo necesitaba en absoluto. Le habló de Banks y de ti para demostrarle que había otros hombres ricos y poderosos que la deseaban. Quería que supiera que ya no lo necesitaba porque se había convertido en mejor persona de lo que era cuando estaba con él.

–¿Todo eso te contó?

–Sí. Está orgullosa de lo que es ahora, de haberse recuperado y de haber rehecho su vida. Es evidente que no debería haber hablado con Clive, pero no pensó que fuera a contárselo a la prensa. Yo lo hubiera sospechado, pero ella no es una cínica como yo... ni como tú.

–Yo no soy cínico –protestó Ryan, aunque sabía que lo era.

Merry lanzó un bufido.

–Claro que lo eres. Creíste que Jaci se había acostado con Clive porque parecía feliz. De todos modos, ella se siente culpable de que hayas perdido la financiación de la película. Se siente culpable de todo. Su sueño se ha evaporado.

Él se había propuesto no pensar en ello porque le hacía mucho daño.

–Ya lo sé.

–Pero lo que es peor es que está destrozada porque hayas podido pensar que se había acostado con Clive, que te había engañado. No creía que pudieras llegar a pensar eso de ella.

Ryan se llevó la mano a la sien. Le pareció que el suelo había desaparecido bajo sus pies.

–Oh –fue la única palabra que pudo articular.

–Arréglalo, Ryan –dijo Merry con una voz que daba miedo–. O te juro que te arrepentirás.

Ryan respiró hondo y pensó que podía arreglarlo. Tenía que hacerlo. Jaci estaba sufriendo, y nadie, sobre todo él, tenía derecho a hacerla sufrir.

El hecho de que Merry le hubiera jurado que se arrepentiría si no lo hacía únicamente era un incentivo añadido.

Solo había una persona en el mundo por quien haría aquello, pensó Ryan cuando la puerta de la casa de Chad se abrió y su padre apareció en el umbral con una expresión de sorpresa en el rostro.

Ryan le sostuvo la mirada y tuvo ganas de marcharse. Se dijo que lo hacía por Jaci, para darle la oportunidad que se merecía.

Cuando el mundo y otros productores tuvieran constancia de la calidad de su escritura, tendría más trabajo del que pudiera abarcar, y tal vez entonces hallaran el modo de estar juntos. Porque la echaba mucho de menos.

La amaba y la necesitaba, y no podría rogarle que volviera a aceptarlo si, antes, no hacía todo lo que estuviera en su mano para que su sueño se hiciera realidad. Probablemente, ella lo mandaría al infierno, pero tenía que intentarlo.

Escribir la hacía feliz y, por encima de todo, Ryan quería que lo fuera.

Con él o sin él.

—¿Vas a quedarte ahí mirándome o vas a entrar? —le preguntó Chad, con su famosa sonrisa en los labios.

Ryan entró y miró a su alrededor. No había habido muchos cambios desde la última vez que había estado allí. Lo único distinto, que lo sorprendió enormemente, era una gran foto enmarcada de Ben y él sobre la mesa del vestíbulo.

—¿Quieres que hablemos en el despacho o en la piscina? —preguntó Chad.

—En el despacho.

Siguió a su padre por el pasillo de la soleada casa mientras divisaba las magníficas vistas de la costa californiana. Aunque no quisiera a su padre, le encantaba aquella casa.

Chad abrió la puerta del despacho y le indicó que se sentara.

–¿Quieres un café?

Necesitaba cafeína, así que aceptó. Chad llamó al ama de llaves por el intercomunicador para que se lo llevara, tras lo que se sentó a su escritorio, frente a su hijo.

–¿De qué se trata, Ryan? ¿O debo llamarte Jax?

–Ryan está bien –sacó unos papeles del portafolios y los dejó en el escritorio–. Según los correos electrónicos que me has mandado, formas parte de un grupo dispuesto a invertir en mis películas. Me gustaría saber si estás dispuesto a hacerlo en *Blown Away*.

Chad lo miró durante unos segundos antes de asentir.

–Sí.

–Necesito cien millones.

–Podemos darte más, si es necesario.

–Será suficiente.

A Ryan le invadió una enorme sensación de alivio y sintió que recuperaba la energía. Había resultado mucho más fácil de lo que pensaba. Había estado dispuesto a suplicar si hubiera sido necesario. Le había costado menos de lo que esperaba pedirle a su padre el dinero porque la felicidad de Jaci era mucho más importante para él que su orgullo.

Así de sencillo.

–¿Ya está? –Ryan quiso asegurarse de que su padre no se guardaba un as en la manga.

Chad se encogió de hombros.

–Estaría bien que me dieras una explicación, pero no es parte del trato. Sé lo que te ha costado pedirme ayuda, así que debe de haber una buena razón.

Ryan se levantó de un salto y se dirigió a la puerta del balcón a respirar aire fresco. Se apoyó en la jamba y miró a su padre. En pocas palabras, le explicó lo relacionado con Jaci y Banks.

–Pero ha sido culpa mía. ¿Quién arriesga cien millones de dólares por fingir que tiene una relación con una mujer?

–Alguien que quiere desesperadamente tenerla, pero que tiene tanto miedo que no lo reconoce, por lo que se sirve de cualquier excusa para conseguirlo.

Había tenido miedo y había sido un estúpido. Tenía miedo de enamorarse, de confiar en alguien, de ser feliz para después ser desgraciado. Pero eso ya lo era.

–A pesar de que me alegra que me hayas pedido ayuda, hubiera supuesto que preferirías no hacer la película a recurrir a mí –apuntó Chad.

Ryan, como era su costumbre, buscó la crítica en las palabras de su padre, pero no la halló. ¿Qué le había sucedido?

–¿Por qué te estás portando tan bien conmigo? No es propio de ti.

Chad se sonrojó, lo cual también era nuevo.

–No soy el que era. Perder a Ben hizo que mirara en mi interior, y no me gustó lo que vi. Desde entonces, he intentado hablar contigo para reparar el daño.

–¿Y pensabas hacerlo pidiendo diez millones por narrar el documental de la vida de Ben? –le espetó Ryan con furia. Era una furia que podía controlar, ya que estaba acostumbrado a pelearse con su padre.

Chad no perdió la calma. Llamaron a la puerta y entró el ama de llaves con una bandeja. La dejó en el escritorio, sonrió cuando Chad se lo agradeció y salió. Chad sirvió una taza de café a Ryan.

Este se la llevó inmediatamente a los labios. Tenia que salir de allí cuanto antes.

–Ahí tienes el contrato. Dáselo a tus abogados, pero diles que se den prisa. No dispongo de mucho tiempo.

–Muy bien. Ahora hablemos de esos diez millones que pedí por narrar el documental.

–No hace falta. A lo hecho, pecho.

–¿Querías hacer ese documental? Sé que los amigos de Ben te lo pidieron.

¿Qué podía responder? Si la respuesta era afirmativa, mentiría. Por aquel entonces lo último que deseaba era hacer una película sobre su hermano, que había muerto volviendo de pasar el fin de semana con la prometida de Ryan; si la respuesta era negativa, Chad le pediría una explicación.

–No quiero hablar de eso.

–Pues creo que ya va siendo hora de que sepas que pedí ese dinero para que no hicieras la película, para darte una salida.

Ryan, desconcertado, frunció el ceño. Su padre lo miró a los ojos.

–Supe que Ben estaba liado con Kelly y le dije que lo dejara. No me parecía bien. No te merecías que tu hermano te fuera desleal.

Sus palabras fueron como un puñetazo en el estómago de Ryan.

–¿Cómo?

–Ben me prometió que ese fin de semana sería el último que pasarían juntos, que lo dejarían al volver. Quise prevenirte para que no te casaras con ella, pero sabía que no me harías caso.

–No te lo hubiera hecho –reconoció Ryan. Su padre y él no se entendían desde mucho antes del accidente.

–Es culpa mía. Fui un mal padre y un modelo de conducta terrible. Jugaba con las mujeres y no me las tomaba en serio. Ben siguió mi ejemplo.

Se sirvió un café y le dio un sorbo.

–Volviendo al documental, sabía que pedirte que lo hicieras hubiera sido una crueldad, así que me aseguré de que el proyecto se fuera a pique.

–Pidiendo esa cantidad.

–Sí. Sabía que no tenías ese dinero, que no lo pedirías prestado y que no buscarías a otra persona para hacer de narrador. Todavía tengo el guion. Si en algún momento decides hacer la película, la narraré gratis.

Ryan se deslizó por el marco de la puerta hasta quedarse en cuclillas.

–No sé qué decir.

Chad se frotó la nuca.

–Ni tu madre ni tú os merecíais el dolor que os causé. Llevo años intentando buscar el modo de decirte que lo siento. Y si tengo que seguir haciéndolo durante un millón de años, lo haré –agarró el fajo de papeles, lo abrió por la última página y tomó un bolígrafo.

Ryan, estupefacto, lo observó estampar su firma en la hoja.

Estaba desconcertado. Trataba de asimilar que su padre había intentado protegerlo para no añadir más dolor a su sufrimiento, que quería tener una buena relación con él y que había cambiado.

–No, nada de abogados. Antes de que te vayas de la ciudad, te ingresaré en tu cuenta la mitad del dinero. Necesito tiempo para conseguir la otra mitad, probablemente una semana. Además, si me engañas, me lo tendré bien merecido por haber sido el peor padre del mundo.

–No sé qué decirte, Chad.

Su padre le respondió como un rayo.

–Dime que me tendrás en cuenta para un papel en la película, cualquier papel.

Ryan se echó a reír y se sintió aliviado al ver que su padre no había sufrido un cambio completo de personalidad.

–Te tendré en cuenta.

Chad le sonrió.

–Muy bien, hijo.

Capítulo Once

Jaci estaba orgullosa de su corazón. Se lo habían partido, pero seguía funcionando, más o menos. Seguía bombeando la sangre de su cuerpo, pero lo malo era que continuaba echando de menos a Ryan en cada latido.

Aquello era una completa locura, porque el silencio de Ryan, que ya duraba diez días, la había reforzado en la idea de que había estado jugando con ella. Si sintiera algo por ella, aparte de atracción sexual, hacía tiempo que se hubiera puesto en contacto.

Aparte de Ryan, tenía otros problemas.

Su carrera como guionista iba cuesta abajo sin remedio. Antes de dejar Starfish, se habían desatado los rumores. Y aunque solo fuera cierto un cinco por ciento de lo que se decía, Jaci sabía que *Blown Away* no se rodaría. Y con ella desaparecía su carrera de guionista. Tendría que escribir otro guion y ver si su agente volvía a tener suerte.

Ya no aspiraba al éxito como antes. Después de la conversación con su hermana y su madre en la terraza de Lyon House, el deseo de demostrar su valía a su familia y a sí misma se había evaporado.

Sabía que era una buena escritora, y aunque tardara diez años en vender otro guion, seguiría escribiendo, porque había nacido para eso. Seguiría haciéndolo y, un día, uno de sus guiones llegaría a la gran pantalla.

Era profundamente liberador no sentir la necesidad de demostrar su valía. Ella era Jaci, y con eso bastaba. Y si el estúpido de Ryan no se daba cuenta era eso: estúpido.

¿Y quién llamaba a la puerta a las once y media de la noche? ¿Qué era eso tan importante que no podía esperar hasta la mañana siguiente?

Al presionar el botón del intercomunicador y preguntar quién era, se produjo un silencio. Seguro que era una broma. Pues se iría a la cama, dispuesta a no pensar en los hombres estúpidos en general y en uno en particular.

Unos golpecitos en la puerta la hicieron darse la vuelta. Se acercó a la mirilla y ahogó un grito al ver el rostro distorsionado de Ryan al otro lado. ¿Quería hablar con ella a esas horas de la noche, cuando iba vestida con una vieja sudadera de rugby de su hermano Neil y unos calcetines y tenía todo el pelo revuelto? ¿Estaba loco?

–Déjame entrar, Jaci.

Al oír su voz, el corazón le dio un vuelco.

–No.

–Vamós Jaci, tenemos que hablar.

Jaci se olvidó de que parecía un extra de una película de vampiros, abrió la puerta y puso los brazos en jarras. Lo miró enfadada.

–¡Vete!

Ryan la empujó dentro, cerró la puerta y se quitó la chaqueta. A pesar de su furia, Jaci observó que parecía exhausto. Tenía ojeras y estaba pálido. El tiempo que llevaban separados tampoco había sido fácil para él. Como era humana, se sintió recompensada, pero también tuvo deseos de abrazarlo y mitigar su dolor.

Lo amaba. Siempre lo amaría.

Ryan se metió las manos en los bolsillos del pantalón.

–He venido a decirte que he encontrado otra fuente de financiación para la película.

«¿En serio? ¡Estupendo!». Jaci se dio cuenta de que Ryan no podía leer sus sarcásticos pensamientos, por lo que lo fulminó con la mirada.

–¿Has venido para eso?

Ryan la miró, confuso.

–Pues sí. Creí que te alegrarías.

Jaci fue hasta la puerta, la abrió y le indicó que saliera. Como él no lo hizo, apretó los dientes y le dijo:

–Vete.

–El dinero no lo ha puesto Banks, sino… –vaciló durante unos segundos– otra persona.

–Me da igual quién lo haya puesto.

–¿Qué te pasa, Jaci? Es tu gran oportunidad. Es lo que deseabas –Ryan estaba perplejo y furioso–. Me he dejado la piel para conseguirlo, ¿y esa es tu respuesta?

–¿Acaso te lo he pedido? ¿Y acaso te he pedido que no me hagas caso, que te niegues a contestar mis llamadas?

–Tal vez hubiera debido llamarte…

–¿Tal vez? –Jaci cerró la puerta de una patada y le puso las manos en el pecho tratando de empujarlo, sin conseguirlo–. ¡Desde luego que debieras haberme llamado! No soy una muñeca con la que puedas jugar a tu antojo.

–No, eres un ser insoportable –dijo él al tiempo que la agarraba de las muñecas con una mano y de la cintura con la otra para atraerla hacia sí–. Me vuelves loco. Eres lo primero en que pienso al despertarme y lo último de lo que me acuerdo al dormirme, y todo el tiempo entre medias.

La besó en la boca deslizando la lengua entre sus labios. Ella trató de no sucumbir, pero era como una droga a la que uno se volvía adicto después de haberla probado una sola vez.

Las manos de Ryan ascendieron por sus costados y se detuvieron en sus senos. Ella se estremeció. Una vez más y, después, lo echaría a patadas de su piso y de su vida.

–Te necesitaba de nuevo en mis brazos –murmuró él al lado de su boca.

¿Que la necesitaba de nuevo en sus brazos? Así que no había vuelto porque la amara o la echara de menos, sino porque echaba de menos el sexo con ella. Se puso rígida y separó su boca de la de él–. Apártate.

Ryan dio un paso atrás. Se frotó la nuca y tomó aire.

–Jaci, yo...

Ella negó con la cabeza y pasó a su lado para establecer cierta distancia entre los dos. La necesitaba para tranquilizarse. Se metió en el cuarto de baño y se agarró al lavabo mientras se decía que debía resistir la tentación porque no podía seguir engañándose: Ryan quería tener sexo y ella quería hacer el amor. Ya no podía aceptar menos de lo que deseaba. Se miró al espejo.

Necesitaba más y debía decírselo, así de sencillo. Y así de difícil. Le diría que lo amaba y él se marcharía porque no le interesaba nada que se asemejara remotamente a un compromiso.

–Puedes hacerlo. Eres más fuerte de lo que crees –se susurró a sí misma.

–¿Hacer qué? –preguntó él.

Jaci se dio la vuelta y lo vio en el umbral de la puerta. A pesar de la fatiga de su rostro, seguía desprendiendo seguridad en sí mismo. Ella iba a necesitar toda la fuerza de voluntad de que disponía para alejarse de él, peo si no lo hacía en aquel momento no lo haría nunca.

Tomó aire.

–Quiero alejarme de todo esto y de ti.

Ryan ladeó la cabeza y sonrió.

–No –dijo con calma. Se cruzó de brazos y abrió las piernas para bloquearle la salida, lo cual la enfureció.

–¿Qué quieres decir? Me voy a marchar de Nueva York y te voy a dejar.

–No, no te vas a ir ni me vas a dejar.

Jaci pensó que era ridículo que tuvieran esa conversación en el cuarto de baño.

–Me niego a que sigas jugando conmigo.

–No he jugado contigo.

–Huyes, Ryan. Cada vez que quiero que hablemos, te escapas –gritó ella.

Para su sorpresa, él asintió.

–Porque me das miedo, mucho miedo.

–¿Por qué? –preguntó ella sin comprender.

Él se encogió de hombros.

–Porque me he enamorado de ti.

No era verdad, no podía serlo, pensó ella.

–No estás enamorado de mí –dijo con voz temblorosa–. Una persona enamorada no se comporta como tú. No acusa a la otra de tener aventuras ni trata de hacerla sufrir.

El dolor y el arrepentimiento se reflejaron en el rostro de Ryan.

–Siento mucho haberte hecho sufrir –afirmó con voz ahogada–. Me acababa de enterar de que habías hablado de nosotros con el canalla de Clive y, cuando te vi, tenías un aspecto maravilloso, el aspecto de estar enamorada, y creí que habías vuelto con él.

–¿Por qué lo creíste?

–¡Porque tenías la misma expresión que después de haber hecho el amor! –gritó él–. Sentí celos y miedo. No quería estar enamorado de ti, arriesgarme a que me hicieras daño. Hace tres meses lo querías, Jaci.

–Eso fue antes de que supiera que le gustaba el sadomasoquismo y que me engañaba; antes de que me volviera más fuerte y valiente; antes de conocerte. ¿Cómo pudiste pensar semejante cosa, Ryan? ¿Cómo creíste que te podría hacer tanto daño?

–Porque me asusta amarte y estar contigo. Porque todas las personas a las que he querido me han decepcionado de un modo u otro. Te quiero y ¿por qué iba la vida a tratarme esta vez de forma distinta? –se encogió de hombros y tragó saliva–. Sin embargo, estoy dispuesto a arriesgarme por lo mucho que me importas.

Jaci pensó que no era cierto, que no podía haberse enamorado de ella. Era demasiado bonito para ser verdad.

–No me quieres –insistió con voz temblorosa en la que había una nota de esperanza.

–Sí, te quiero. Estoy enamorado de ti. No quería estarlo ni creí que volviera a enamorarme, pero lo he hecho. De ti.

No trató de tocarla ni de convencerla con su cuerpo, ya que sus fabulosos ojos irradiaban sinceridad.

¿La amaba? Tuvo que contenerse para no lanzarse a sus brazos.

–Pero siempre huyes.

–Es algo que intentaré dejar de hacer –afirmó él sonriendo con los ojos y la boca.

Le tendió la mano y esperó hasta que ella le dio

la suya. Jaci suspiró ante la calidez de sus dedos que se enroscaban en los de ella. Se preguntó si soñaba. Pero si lo hacía, en su sueño hubiera elegido un lugar más romántico para tener aquella conversación, no en el minúsculo baño de un piso pequeño.

Le daba igual: creía a Ryan.

Él le alzó la barbilla con un dedo y ella ahogó un grito ante el amor que expresaban sus ojos.

—No quiero seguir hablando en el cuarto de baño —apuntó él—, pero no vas a salir de aquí hasta que me digas lo que quiero oír.

Jaci sonrió y, con la mano libre, le acarició el cuello, el pecho y el abdomen y se detuvo muy abajo.

—¿Qué quieres oír? ¿Que me encanta tu cuerpo? Así es.

Él le agarró la mano para evitar que siguiera descendiendo.

—Ya sabes lo que quiero oír, Jaci. Dímelo.

Al ver la emoción que había en sus ojos, Jaci decidió no seguir burlándose de él. Parecía inseguro y algo asustado, como si esperara que lo fuera a rechazar.

El corazón y las manos de Jaci comenzaron a temblar de emoción, de amor.

—Por supuesto que te quiero, Ryan. Ya hace tiempo.

Él apoyó la frente en la de ella.

—Menos mal.

—¿Cómo es posible que no lo supieras? —preguntó ella abrazándolo y apoyando el rostro en su pecho—.

Para ser un hombre tan inteligente, a veces pareces idiota.

–En efecto –Ryan asintió y la estrechó en sus brazos–. Vuelve a la cama, cariño y deja que te muestre cuánto te quiero y te adoro.

–Lo único que echabas de menos era el sexo –se burló ella riendo.

Ryan le apartó el flequillo de la frente y se la acarició con el pulgar.

–No, cielo. Te echaba de menos a ti –sonrió–. Pero soy un hombre, y si lo que me ofreces es…

Jaci se impulsó hacia arriba y él la agarró mientras le rodeaba la cintura con las piernas.

–Donde quieras, cuando quieras y como quieras –dijo ella.

Ryan la besó en la boca, y el cuerpo de ella se estremeció de anticipación.

–¿Puedo añadir eso a tu contrato? –preguntó él mientras retrocedía para salir del cuarto de baño y dirigirse a la habitación.

Amante, amigo, jefe… Lo haría casi todo por él, pensó Jaci, mientras la depositaba en la cama y la cubría con su cuerpo.

Donde quisiera, cuando quisiera y como quisiera.

Mucho más tarde, con algo de ropa encima, estaban sentados en la cama, uno frente al otro, con las piernas cruzadas, comiendo helado de chocolate de la propia tarrina.

¡Qué noche!, pensó ella. Se sentía como si se hubiera montado en una montaña rusa de emociones, de la que había descendido feliz, satisfecha y atontada.

Todavía tenían que hablar de muchas cosas, pero le iría bien.

¿Le había dicho Ryan que había conseguido financiación para *Blown Away*? Se lo preguntó.

—Así es —respondió él.

—¿Tengo que fingir, esta vez, que soy tu novia o tu esposa? —se burló ella.

—Nada de fingimientos —replicó él mirando la tarrina vacía—. ¿Ya se ha acabado? Sigo teniendo hambre. ¿No hay comida de verdad en esta casa?

—No. Estaba haciendo una dieta de odio a los hombres, que consistía en beber vino y comer helado solamente —Jaci dejó la cuchara en la tarrina—. ¿Quién va a invertir el dinero, Ryan? ¿Te has reconciliado con Banks?

—¡Claro que no! Sin embargo, fui a verlo. Creo que se lo debía.

—¿Y?

—Estuvo muy agresivo conmigo, cosa que me esperaba. Después, me ofreció la mitad del dinero con la condición de que tú salieras del proyecto y de tener el control creativo.

—Y te negaste. Nunca le entregarías el control.

—Desde luego, pero fue el hecho de que tú no estuvieras en el proyecto el obstáculo definitivo para llegar a un acuerdo. Quiero comer.

Jaci se dio cuenta de que intentaba cambiar de tema, pero ella no estaba dispuesta a hacerlo.

–Entonces, ¿quién es ese nuevo inversor que ha aparecido de pronto?

Ryan estiró las piernas y las colocó a los lados de las caderas femeninas. Se inclinó hacia delante para besarle las clavículas. Ella frunció el ceño, le empujó la cabeza y se echó hacia atrás para verle el rostro.

–Deja de intentar distraerme y contéstame.

–Chad Bradshaw –dijo él de mala gana.

Jaci ahogó un grito.

–¿Cómo? ¿Chad? ¿Tu padre?

–¿Conoces a algún otro Chad Bradshaw?

Jaci se frotó la frente.

–Espera un momento, a ver si lo he entendido. ¿Tu padre, ese señor del que no hablas, va a financiarte la película?

–Sí.

Jaci se dio cuenta de que tendría que sacarle la información a la fuerza. Pues lo haría, si era necesario.

–Ryan, somos pareja, ¿no?

Ryan sonrió.

–Por supuesto.

–Muy bien. Pues eso significa tener un sexo espectacular –Jaci miró la cama deshecha– y contarse las cosas. Así que cuéntamelo.

–Fui a verlo –dijo él en voz baja–. Necesitaba el dinero y sabía que él quería invertir en una de mis películas.

Eso no explicaba nada.

–Pero, ¿por qué? Me dijiste que si Banks se echaba atrás, aparcarías el proyecto.

Ryan le apretó las caderas con la parte interna de las pantorrillas.

–La carrera de Thom y la mía soportarían el golpe, pero no la tuya.

Jaci tardó unos segundos en asimilar sus palabras, y cuando lo hizo, aún lo quiso más. Aquella era otra sorpresa en una noche llena de ellas.

–Pero odias a tu padre.

–Eso es mucho decir –afirmó él apartando las piernas y volviendo a cruzarlas–. Mira, Jaci, escribes de maravilla, pero, si nadie ve tu trabajo, puede que tardes meses o años en tener otra gran oportunidad como la de ahora. No quiero que tengas que esperar años.

Jaci le puso las manos en los brazos y agachó la cabeza.

–Ya veo cuánto me quieres, Ryan.

Él le acarició el cabello.

–Una enormidad, de hecho.

Ella alzó la cabeza y se echó hacia atrás.

–¿Te hizo suplicarle?

Ryan negó con la cabeza.

–No, se portó muy bien.

Ella escuchó con interés mientras él le contaba que Chad sabía que Ben y Kelly estaban liados y que había tratado de protegerlo.

–Chad me ha explicado que Ben, Kelly y él mismo tenían una opinión distinta de la mía sobre esa clase de aventuras. Para ellos, el sexo solo era sexo, no era su intención hacerme daño.

–Da igual lo que pensaran del sexo. Sabían lo que sentías y hubieran debido tenerlo en cuenta –afirmó ella con furia. Observó la expresión perpleja de Ryan y contuvo la ira–. Perdona, pero es que me molesta mucho que se pongan excusas.

–Nadie me había defendido antes.

–Pues ahora ya sabes que siempre estaré de tu lado –le dijo Jaci, sin hacer caso de las lágrimas que le velaban la mirada a Ryan.

Como sabía que si se lo comentaba no le gustaría, pasó a otro tema.

–¿Qué más te dijo Chad?

–Que sería el narrador del documental sobre Ben si algún día decidía hacerlo. Y que lo haría gratis. Pero no sé si seré capaz de rodarlo.

–Lo sabrás cuando estés preparado.

Ryan la agarró del muslo.

–No es porque me importe que Ben y Kelly tuvieran una aventura ni porque ya me importe ella. Lo entiendes, ¿verdad? Me parece que ocurrió en otra vida, en otro tiempo, y estoy dispuesto a pasar página, contigo. Es que Ben era…

–Tu héroe, tu hermano y tu mejor amigo –Jaci le acarició la mejilla–. No hay nada que te obligue a hacer ese documental, cariño. Tal vez deberías recordar a Ben como te gustaría recordarlo, y dejar que los demás hagan lo mismo.

Ryan puso la mano sobre la de ella para mantenerla en su mejilla. Cerró los ojos y Jaci lo miró, tan fuerte, tan masculino y con tantos defectos. ¿Cómo lo amaba? Lo vio tragar saliva y supo que trataba de contener la emoción.

—No me ocultes lo que sientes, Ryan —le dijo en voz baja—. Sé que te duele hablar de Ben.

Ryan lazó la cabeza. Sus ojos estaban llenos de deseo, esperanza y amor.

—No pienso en él, sino en nosotros y en la luminosa vida que nos espera. Soy tan feliz, Jaci. Me haces muy feliz.

Ella suspiró y él le besó la palma de la mano y se la llevó al corazón.

—No me había percatado de lo solo que estaba hasta que entraste en mi vida. Has puesto color en mi mundo, y te prometo que te haré feliz.

Ella trató de contener las lágrimas.

—¿Durante cuánto tiempo? —susurró.

—Para siempre, si me dejas.

Ella se inclinó para besarlo y sonrió.

—Creo que podemos hacerlo mejor, Ryan. Las historias de amor maravillosas duran más.

Deseo

Una noche para amar
Sarah M. Anderson

Jenny Wawasuck sabía que el legendario motero Billy Bolton no era apropiado para una buena chica como ella. Sin embargo, cambió de parecer cuando vio el vínculo que Billy estaba forjando con su hijo adolescente.

Por si fuera poco, sus caricias le hacían arder la piel. De modo que decidió pujar por él en una subasta benéfica de solteros.

Billy tenía una noche para conquistar a la mujer que ansiaba.

Pero, en un mundo lleno de chantajistas y cazafortunas, ¿tenían el millonario motero y la dulce madre soltera alguna oportunidad de estar juntos?

*Sus besos le despertaban
un deseo largamente dormido*

Acepte 2 de nuestras mejores novelas de amor GRATIS

¡Y reciba un regalo sorpresa!

Oferta especial de tiempo limitado

Rellene el cupón y envíelo a

Harlequin Reader Service®
3010 Walden Ave.
P.O. Box 1867
Buffalo, N.Y. 14240-1867

¡Sí! Por favor, envíenme 2 novelas de amor de Harlequin (1 Bianca® y 1 Deseo®) gratis, más el regalo sorpresa. Luego remítanme 4 novelas nuevas todos los meses, las cuales recibiré mucho antes de que aparezcan en librerías, y factúrenme al bajo precio de $3,24 cada una, más $0,25 por envío e impuesto de ventas, si corresponde*. Este es el precio total, y es un ahorro de casi el 20% sobre el precio de portada. ¡Una oferta excelente! Entiendo que el hecho de aceptar estos libros y el regalo no me obliga en forma alguna a la compra de libros adicionales. Y también que puedo devolver cualquier envío y cancelar en cualquier momento. Aún si decido no comprar ningún otro libro de Harlequin, los 2 libros gratis y el regalo sorpresa son míos para siempre.

416 LBN DU7N

Nombre y apellido	(Por favor, letra de molde)
Dirección	Apartamento No.
Ciudad	Estado	Zona postal

Esta oferta se limita a un pedido por hogar y no está disponible para los subscriptores actuales de Deseo® y Bianca®.
*Los términos y precios quedan sujetos a cambios sin aviso previo.
Impuestos de ventas aplican en N.Y.

SPN-03   ©2003 Harlequin Enterprises Limited

Bianca

**Se acostaría con ella...
y después la destruiría...**

Lissa trabajaba al máximo para darle a su hermana la vida que merecía y, si para conseguirlo tenía que ponerse unas pestañas postizas y tratar bien a aquellos ricachones, no dudaría en hacerlo...

Xavier Lauran no había podido dejar de mirar a Lissa desde el momento que había entrado al casino y ella lo sabía. Lo último que necesitaba en su ya complicada vida era caer en los brazos de aquel seductor francés... pero no pudo resistirse.

Lo que Lisa no sospechaba era que había caído en una peligrosa trampa...

TRAMPA PELIGROSA
JULIA JAMES

Deseo
TRENT

Lujo y seducción

CHARLENE SANDS

Trent Tyler siempre conseguía lo que se proponía, y no había mujer que se le resistiera. Ahora, el éxito del hotel Tempest West dependía de lo que mejor sabía hacer: seducir a una mujer; pero, irónicamente, en esta ocasión lo que más necesitaba de Julia Lowell era su cerebro.

El vaquero texano, que no había olvidado el tórrido romance que había vivido con Julia durante un fin de semana, la convenció fácilmente para que se convirtiera en su empleada… con algún extra. ¿Pero qué ocurriría cuando ella descubriera la verdad sobre su jefe?

Para aquel hombre irresistible, ganar lo era todo

¡YA EN TU PUNTO DE VENTA!